中國語言文字研究輯刊

十七編

許學仁 主編

第 6 冊

《上海博物館藏戰國楚竹書（七）
〈凡物流形〉》研究（下）

張心怡 著

花木蘭文化事業有限公司

國家圖書館出版品預行編目資料

《上海博物館藏戰國楚竹書（七）〈凡物流形〉》研究（下）／
張心怡 著 — 初版 — 新北市：花木蘭文化事業有限公司，
2019〔民108〕
目 2+164 面；21×29.7 公分
（中國語言文字研究輯刊 十七編；第 6 冊）
ISBN 978-986-485-926-9（精裝）
1. 簡牘文字 2. 研究考訂
802.08   108011981

ISBN-978-986-485-926-9

9 789864 859269

中國語言文字研究輯刊
十七編　　　第 六 冊　　　　ISBN：978-986-485-926-9

《上海博物館藏戰國楚竹書（七）〈凡物流形〉》研究（下）

作　　者　張心怡
主　　編　許學仁
總 編 輯　杜潔祥
副總編輯　楊嘉樂
編　　輯　許郁翎、王　筑、張雅淋　美術編輯　陳逸婷
出　　版　花木蘭文化事業有限公司
發 行 人　高小娟
聯絡地址　235 新北市中和區中安街七二號十三樓
　　　　　電話：02-2923-1455／傳眞：02-2923-1452
網　　址　http://www.huamulan.tw 信箱 hml810518@gmail.com
印　　刷　普羅文化出版廣告事業
初　　版　2019 年 9 月
全書字數　248697 字
定　　價　十七編 18 冊（精裝）台幣 56,000 元

《上海博物館藏戰國楚竹書（七）〈凡物流形〉》研究（下）

張心怡　著

目

次

第二節 「自然徵象」章文字考釋

壹、釋　文

聞之曰：迖（登）【凡甲八】高從埤（卑）〔1〕，至遠從迹（邇）。十回（圍）之木，其訇（始）生如蘖（蘖）。〔2〕足牂（將）至千里，必從夰（寸）始。〔3〕日之有【凡甲九】珥，牂（將）何聽？〔4〕月之有暈，牂（將）可何正（徵）？〔5〕水之東流，牂（將）何涅（盈）？〔6〕

日之始出，何故大而不剶（炎）〔7〕？其入（日）【凡甲一〇】中，系（奚）故小雁（焉）暲鼓（？）〔8〕？問：天孰高與（歟）？地孰遠與（歟）？孰爲天？孰爲地？孰爲雷【凡甲一一】神（電）？孰爲啻（霆）？〔9〕土系（奚）得而平？水系（奚）得而清？卉（草）木系（奚）得而生〔10〕？【凡甲一二Ａ】禽獸系（奚）得而鳴？【凡甲一三Ｂ】夫雨之至，孰靁（唾）濾（津）之〔11〕？夫風之至，孰颷（噓）飆（吸）而迖之？〔12〕

貳、文字校釋

〔1〕迖（登）【1】高從埤（卑），至【2】遠從邇。

【1】迖，「升」字繁構。「升」，登，上。

簡文甲本簡8作〔圖〕形，乙本簡7作〔圖〕形。

原考釋者曹錦炎以爲「埤」爲低下之意。「升高從埤」，即《書·太甲下》「若升高必自下」之謂。〔註270〕

李銳釋作「登」。

心怡案：字形分析，詳見上一節，在此不再贅述。升、登古韻皆蒸部，古聲母皆舌頭音，音近可通假。《周易·升》：〔圖〕升元亨用見大人勿恤。《正義》：「正義曰升元亨者升卦名也。升者，登上之義。升而得大通，故曰升。元亨也，用見大人勿恤者。升者，登也。」〔註271〕，可參。

〔註270〕馬承源主編：《上海博物館藏戰國楚竹書（七）》，（上海：上海古籍出版社，2008年12月），頁239。

〔註271〕阮元：《十三經注疏》（尚書、周易），（臺北：藝文印書館，2001年），頁107。

　　本句「迒（登）高從埤（卑），至遠從迻（邇）」與《中庸》：「君子之道，辟如行遠必自邇；辟如登高必自卑。」所要表達的意思相同，意即「君子實行中庸之道，就像走遠路一樣，必定要從近處開始；就像登高山一樣，必定要從低處起步。」

〔2〕十回（圍）【1】之木，其刣（始）生如蓏（蘖）【2】。

【1】回（圍）

　　回，簡文甲本簡9作「▨」形，乙本簡7作▨形。

　　原考釋者曹錦炎以爲「回」，讀爲「圍」。「圍」，計量圓周的約略單位，指兩隻胳膊合圍起來的長度（或指兩隻手的拇指和食指合圍的長度）。〔註272〕單育辰亦認爲「回」用爲「圍」。〔註273〕

　　曹錦炎之說正確可從。《莊子·人間世》：「匠石之齊，至於曲轅，見櫟社樹。其大蔽數千牛，絜之百圍。」所提到的「圍」，即是指兩隻胳膊合圍起來的長度。

【2】蓏（蘖）

　　蘖，簡文甲本簡9作▨，乙本簡7作▨。

　　原考釋者曹錦炎認爲簡文「蓏」當是「蘖」之異體字。「蓏」、「蘖」兩字古音聲母相同，韻部極相近，故可通假。「蘖」，旁生萌芽。見《詩經·商頌·長發》：「苞有三蘖，莫遂莫達。」朱熹《注》：「蘖，旁生萌蘖也。」「蘖」字或作「櫱」，《廣雅·釋詁》：「櫱，始也。」王念孫《疏證》：「櫱，與萌芽同義。」「櫱」，段《注》：「凡木萌旁出皆曰櫱，人之支子曰櫱，其義略同。」故「櫱」與「萌」、「牙（芽）」同義並列。〔註274〕

　　顧史考以爲「朔」爲鐸部字，「蘖」爲月部，雖或乃可以相通且與木字（屋部）相韻，然聲音關係不甚近。因此頗疑「足」字（屋部）實該屬上，以「蓏

〔註272〕馬承源主編：《上海博物館藏戰國楚竹書（七）》，（上海：上海古籍出版社，2008年12月），頁240。

〔註273〕單育辰：〈佔畢隨錄之七〉，（，2009年1月1日）。

〔註274〕馬承源主編：《上海博物館藏戰國楚竹書（七）》，（上海：上海古籍出版社，2008年12月），頁240。

足」爲一個代表某種小物之複合詞，具體含義待考。〔註275〕

心怡案：原考釋者曹錦炎之說可從。簡文「十回（圍）之木，丌（其）卣（始）生如蓏」，傳世經典可對勘之例甚多。如《漢書·賈鄒枚路傳》：「夫十圍之木，始生如蘗，足可搔而絕，手可擢而拔，據其未生，先其未形也。」亦見《說苑·正諫》：「夫十圍之木，始生於蘗，可引而絕，可擢而拔，據其未生，先其未形。」可參。

〔3〕足酒（將）至千里，必從弄（寸）〔1〕始。

【1】弄（寸）

弄（寸），簡文甲本簡9作形，乙本殘泐。

原考釋曹錦炎以爲「弄」即「朕」字所從的聲旁。「弄」，讀爲「寸」。信陽楚墓所出遣冊中，即是將「寸」皆寫作「弄」。「寸」，長度單位，十分爲一寸。〔註276〕顧史考〔註277〕從之。

李守奎亦認爲爲朕之聲旁。在滕、勝等字中又隸作「关」，或隸作「弄」。〔註278〕

心怡案：秦漢以後字形「朕、腾、膡」等字與「卷、捲」等字所從之「关」部件實爲不同來源之二字。「朕、腾、膡」等字所從，依《說文》當隸爲「弄」；「卷、捲」等字所從，依《說文》則當隸定爲「关」。「朕、腾、膡」等字所從之「弄」於楚系文字作：

〔註275〕顧史考：〈上博七〈凡物流形〉上半篇試探〉，（上海：復旦大學出土文獻與古文字研究中心）（http://www.gwz.fudan.edu.cn/srcshow.asp?src_id=875，2009 年 8 月 24 日），本篇已於《「傳統中國形上學的當代省思」國際學術研討會論文集》；臺北：臺灣大學哲學系主辦，2009 年 5 月 7～9 日發表。

〔註276〕馬承源主編：《上海博物館藏戰國楚竹書（七)》，（上海：上海古籍出版社，2008 年 12 月），頁 241。

〔註277〕顧史考：〈上博七〈凡物流形〉上半篇試探〉，（上海：復旦大學出土文獻與古文字研究中心）（http://www.gwz.fudan.edu.cn/srcshow.asp?src_id=875，2009 年 8 月 24 日），本篇已於《「傳統中國形上學的當代省思」國際學術研討會論文集》；臺北：臺灣大學哲學系主辦，2009 年 5 月 7～9 日發表。

〔註278〕李守奎：《楚文字編》，（上海：華東師範大學出版社，2003 年 12 月），頁 159。

1.信 2.015	2.帛甲〔註279〕3.3	3.包 2.186	4.包 2.166
5.望 2 策	6.包 2.267	7.上博一・緇衣・13	8.曾 161

「羍」，甲骨文作 （《庫》1397），西周早期金文作 （天亡簋 4261 朕字所從），西周中期肥筆改爲圓點作 （伯侯父盤 10129）楚系簡帛文字作 （信 2.015），字形承甲、金文，並加「八」形爲飾，於偏旁或中間橫筆變爲點形作 （上博一・緇衣・13）。帛甲一字中間省豎筆，而與楚系簡帛「卷」字相似，不過，這個字形應該是有問題的，可能帛書漫漶，導致「八」形中少了一豎筆。〔註280〕

楚系文字「從羍之字」作：

1.望 2 策	2.望 2 策	3.包 2.133	4.包 2.260
5.上博一・孔・4	6.包 2.193	7.曾 212	8.郭・唐虞・26

「羍」，《說文》：「羍，摶飯也。從廾，釆聲。古文辨字，讀若書卷。」甲骨文未見，春秋金文作 （魯少司寇盤 朕字所從）楚系簡帛文字作 、 （望 2 策），滕壬生《楚系簡帛文字編》釋作「朕」，李家浩於字形及文例改釋爲「卷」，按字形與《汗簡》卷六「完」字及《古文四聲韻》去聲二四「 」字同形，且金文及楚系簡帛文字未見「朕」字作二橫筆者，故李

〔註279〕帛甲，是長沙子彈庫楚帛書甲篇的簡寫。不過，據楚簡其他從「」的字來看，帛甲此字應該是有問題的字，可能帛書字形漫漶，「八」形中少了一個豎筆。

〔註280〕陳嘉凌：《楚系簡帛字根研究》，（臺北：國立臺灣師範大學國文研究所碩士論文，2002 年 6 月），頁 199。

說可從。〔註281〕

綜上所述，簡文字，當隸定爲「弉」，釋爲「寸」。

〔4〕日之有耳（珥）【1】，將何聖（聽）【2】？月之有軍（暈）【3】，將可何正（征）【4】？

本句主要討論「耳（弄）」、「聖（聽）」、「軍（暈）」、「正（征？）」等字，據目前學者說法比較一致的是「耳（珥）」、「軍（暈）」指得是「天象」也就是「日珥」、「月暈」；對於「聖（聽）」、「正（征）」而有不同的看法，茲將各家說法羅列於下：

【1】耳（珥）

耳，簡文甲本簡 10 作形。「耳」，指的就是天文現象－「日珥」。學者通過傳世文獻的記載及現代科學方法，對於「日珥」都有詳細的說明，茲將說法羅列於下：

原考釋者曹錦炎認爲「耳」，讀爲「珥」，「珥」從「耳」聲，可通。馬王堆帛書《日月風雨雲氣占》「珥」字多見，皆寫作「耳」。「珥」，日、月兩旁的光暈。《開元占經》卷七「日珥」引石氏說：「日兩傍有氣，短小，中赤外青，名爲弄。」《隋書・天文志》：「青赤氣圓而小，在日左右爲珥。」《呂氏春秋・季夏紀・明理》：「其日有鬥蝕，有倍僑，有暈珥，有不光，有不及景，有眾日竝出。」〔註282〕

羅小華對於「日珥」的科學解釋非常詳盡：

「日珥」，《中國古代名物大典（上）》認爲「日暈的一種。出現於太陽的兩側，如兩耳，故名。」而「日暈」，《名物大典》的定義則是：「日光通過含有水滴或冰晶的雲層折射而成的光圈，有彩色，但不明顯。常被看作下雨的預兆。」……

〔註281〕陳嘉淩：《楚系簡帛字根研究》，（臺北：國立臺灣師範大學國文研究所碩士論文，2002 年 6 月），頁 201。

〔註282〕馬承源主編：《上海博物館藏戰國楚竹書（七）》，（上海：上海古籍出版社，2008 年 12 月），頁 242。

比較《名物大典》和《天文卷》的定義。我們可以發現：對於「日暈」，兩者都認爲是光學現象，其區別僅在於日光穿過地球大氣層發生「折射」或「散射」，茲不贅述。但是，兩書對於「日珥」的定義相差甚遠：《名物大典》認爲「日珥」是「日暈」的一種；鑒於太陽本身是一個巨大的熱核反應堆，在《天文卷》中，「日珥」並非被包含在「日暈」的範疇之內，而應該是熱核反應產生的現象，遠比純粹的光學現象複雜。

綜觀中國古代典籍的記載與西方自然科學的研究結果，《天文卷》對「日珥」的定義是十分正確的；而《名物大典》的定義則於事實不符。

附：劉朝陽先生曾於 1945 年初發表過《甲骨文之日珥觀測紀錄》一文。文中認爲殷墟 13 次發掘出土的一版甲骨（《乙編》6385（正）6386（反））的反面驗辭「乙卯允明霧，三焰食日，大星」是對商代一次日全食的記載。驗辭中的「三焰」是「日珥」。此見解後爲眾多學者否定。

另外，馮時先生認爲戰國時期的石申與甘德已經發現日珥：「日食發生時，日面邊緣有像群鳥或白兔一樣的東西，這應是最早的日珥記錄。因爲日珥是日面上不時發生的火焰狀噴出物，它的形狀很容易誘發古人的上述想像。」而中國最早的日珥的圖像出現在西元前 2500 年左右的大汶口文化中。（如下圖）圖像中太陽下方繪出兩股火焰的形狀很像日面不時發出火焰狀噴出物的日珥。

總之，中國人民在很早的時期裏就發現「日珥」現象是符合事實的。〔註283〕

〔註283〕羅小華：《〈凡物流形〉所載天象解釋》，（武漢：武漢大學簡帛網）（http://www.bsm.org.cn/show_article.php?id=942，2009 年 1 月 3 日）。

　　心怡案：古人透過觀察天象以判斷吉凶，如《周禮・春官・宗伯》：「眂祲掌十煇之灋，以觀妖祥，辨吉凶。一曰祲，二曰象，三曰鑴，四曰監，五曰闇，六曰瞢，七曰彌，八曰敘，九曰隮，十曰想。」其中「監」，即是對「日珥」的記載，鄭玄《注》：「云監，冠珥也者。謂有赤雲氣在日旁，如冠耳，珥即耳也。今人猶謂之日珥。」林尹先生認爲：監，守也，謂日上及兩端有雲氣內向。似監守。〔註284〕此外在《宋史》中有也相關記載，《宋史天文志・七曜・周禮視祲掌十煇之法》：「一曰祲，陰陽五色之氣，浸淫相侵；二曰象，雲氣成形象；三曰眾，日旁氣刺日；四曰監，雲氣臨日上；五曰闇，謂蝕及日光脫；六曰瞢，不光明；七曰彌，白虹貫日；八曰序，謂氣若山而在日上，及冠珥背璚重迭次序在於日旁；九曰隮，謂暈及虹也；十曰想，五色有形想。」〔註285〕在《宋史天文志》中稱「日珥」現象爲「序」。據此，簡文「耳」字，所指的應該就是「日珥」這個現象。

【2】聖（聽）

　　聖（聽），簡文甲本簡10作〔圖〕形，乙本簡8作〔圖〕形。

　　原考釋者曹錦炎以爲「聖」，讀爲「聽」。「聽」，以耳受聲。〔註286〕羅小華〔註287〕從之。

　　廖名春以爲「聖」當讀爲「聲」：

> 《呂氏春秋・論人》：「聽則觀其所行。」于省吾《新證》：「聽應讀作聲。聽、聖、聲，古音近字通。按：言必有聲，稱聲猶稱言也。」此句是說：「太陽有了日珥，將說明什麼」？〔註288〕

〔註284〕林尹：《周禮今註今譯》，（臺北：臺灣商務印書館，1979年），頁259

〔註285〕中央研究院・歷史語言研究所：漢籍文獻資料庫，網址爲：http://hanchi.ihp.sinica.edu.tw/ihpc/hanjiquery?5^2125462779^10^^^^@@1547536177。本書引用傳世文獻若無注明出處，則是使用漢籍文獻資料庫檢索而來，以下不再加注。

〔註286〕馬承源主編：《上海博物館藏戰國楚竹書（七）》，（上海：上海古籍出版社，2008年12月），頁242。

〔註287〕羅小華：〈《凡物流形》所載天象解釋〉，（武漢：武漢大學簡帛網）「http://www.bsm.org.cn/show_article.php?id=942，2009年1月3日）。

〔註288〕廖名春：〈《凡物流形》校讀零箚（一）〉，（北京：清華大學簡帛網）（http://www.confucius2000.com/qhjb/fwlx3.htm），2008年12月31日。

顧史考以爲「聽」與「征」一定是與「耳」、「軍」本義相關。〔註289〕

心怡案：將「聖」讀爲「聲」，於文意上不通順，故不採用。至於聖，上古聲母爲透紐，韻部爲耕部；聽，上古聲母爲透紐，韻部爲耕部；聲韻畢同，音近可通假。在簡帛文獻中常將「聖」字通假作「聽」字，如《上博二・民之父母》：「奚（傾）耳而聖之，不可尋（得）而寢（聞）也。」、《包山》「聖命於葉大夫」，等文例皆是將「聖」假借爲「聽」。即「出現了日耳，將要聽什麼呢？」

【3】軍（暈）

軍（暈），簡文甲本簡 10 作 、乙本簡 8 作 形。「軍」，目前學者大部分支持釋作「暈」，即指「月暈」；亦有學者釋爲「輪」，指「月輪」，分別敘述如下：

原考釋者曹錦炎認爲「軍」讀爲「暈」，「暈」從「軍」聲，可通。馬王堆帛書《日月風雨雲氣占》「月軍（暈）、「月交軍（暈）」，甲乙本「暈」字均作「軍」。「暈」，指日月周圍的光圈。〔註290〕

宋華強以爲「軍」當讀爲「輪」：

「軍」屬見母文部，「輪」屬來母文部，音近可通。古語橫縱謂之「廣運」，又作「廣輪」。如《國語・越語》「句踐之地，廣運百里」，韋注：「東西爲廣，南北爲運。」《儀禮・既夕禮》「廣尺，輪二尺」，賈疏引馬融云：「東西爲廣，南北爲輪。」王念孫《讀書雜志・餘編》「目大運寸」條云：「『輪』與『運』聲近而義同，『廣輪』即『廣運』也。」

古人謂月有「輪」。如《初學記》卷一引崔豹《古今注》曰：「漢明帝作太子，樂人歌四章，以贊太子之德。其一曰日重光，二曰月

〔註289〕顧史考：〈上博七〈凡物流形〉上半篇試探〉，（上海：復旦大學出土文獻與古文字研究中心）（http://www.gwz.fudan.edu.cn/srcshow.asp?src_id=875，2009 年 8 月 24 日），本篇已於《「傳統中國形上學的當代省思」國際學術研討會論文集》；臺北：臺灣大學哲學系主辦，2009 年 5 月 7～9 日發表。

〔註290〕馬承源主編：《《上海博物館藏戰國楚竹書（七）》，（上海：上海古籍出版社，2008 年 12 月），頁 242。

重輪……。」又《太平御覽》卷三、四引《符子》曰：「盛魄重輪，六合俱照，非日月能乎？」後世詩文常常以「輪」稱月，是大家都很熟悉的。如《初學記》卷一引梁戴嵩《月重輪行詩》「重輪非是暈」，梁朱超《舟中望月詩》「薄霧急移輪」，隋江總《七夕詩》「輪隨列宿動」，等等。簡文「月之有輪，將何征？」意思是：月有輪，將要去往何方？〔註291〕

　　凡國棟以爲本句簡文是採用諧音來闡述問題的方式，兩句簡文都運用了暗喻的起興的手法：

　　如《詩·小雅·大東》云：

　　維南有箕，不可以簸揚。維北有斗，不可以挹酒漿。

　　其意是説，天上其南有形狀象簸箕的箕星，可以簸揚米粟嗎？其北有形狀象斗的北斗，能供我舀酒漿嗎？其前句都是借用某物來起興，與後句有某種意義上的關聯。

　　因此簡文「軍」改讀爲「輪」反而不妥。馬王堆帛書《日月風雨雲氣占》中的「日珥」之「珥」和「月暈」之「暈」都分別寫作「耳」和「軍」是其明顯的證。

　　其實，暈和珥泛指日、月旁的光暈。《説文新附》：「暈，日月氣也。」《廣韻》：「暈，日月旁氣。」《史記天官書》：「日月暈適，風雲，此天之客氣，其發見亦有大運。」《釋名·釋天》：「珥，氣在日兩旁之名也。」《呂氏春秋·明理》：「其日有斗蝕，有倍僪，有暈珥。……其月有薄蝕，有暉珥，」高誘注：「倍僪、暈珥，皆日旁之危氣也……在上內向爲冠，兩旁內向爲珥……氣圍繞日周匝，有似軍營相圍守，故曰暈也。」在馬王堆帛書《日月風雨雲氣占》裏面就是既有日珥，亦有日暈；既有月暈，也有月珥。下舉數例：

　　日戴珥，軍前；月戴耳，主人前。

　　日珥佩，客還；月佩珥，主人還。

〔註291〕宋華強：〈《上博（七）·凡物流形》箚記四則〉，武漢大學簡帛網（http://www.bsm.org.cn/show_article.php?id=938，2009 年 1 月 3 日）。

日交暈，軍畏。

日連暈，主人大遇。

日重暈，軍畏。

日垣（暈），軍罷，未講也。

朝日日暈，軍急；暮日日暈，軍緩。

日暈而珥，軍前；月暈而珥，主人前而畏。

從以上可以看出，珥不是日的專利，暈也不是月的專利，日月都可以有珥和暈；若將「軍」讀爲「輪」，誠能如宋華強老師那樣從文獻中找出月稱爲「輪」的說法，但是日是否也可以稱爲「輪」呢？因此這種論述恐怕是不太妥當的。此外從上引帛書占文也可以看出，日珥不但與人事有關，也與軍事征伐有關；月暈不但和人間的征伐有關，也與人事有關。因此整理者的意見也是不妥的，要之在這類兵陰陽文獻中，借助日月等爲占，人事與軍事攻伐是密切相關的，不能絕然分開。〔註292〕

羅小華對於日暈的自然現象的本質有詳細的探討：

「月暈」，《名物大典》定義爲：「亦稱『月運』、『月闌』。月亮周圍之光環。月光透過雲層中小水滴或細小冰晶，衍射而成。常被認作是天氣變化起風的徵兆。」但是，《天文卷》並無給出「月暈」的定義。結合《名物大典》、《天文卷》對「日暈」的定義以及上述《名物大典》對「月暈」的定義，我們可以推測「月暈」應該是太陽光照射到月球上，7%的太陽光經月球反射進入地球的大氣層中，受地球的大氣層影響而產生的光學現象。

當時的人們還不能對「日珥」、「月暈」的現象做出科學的解釋。因此，《凡物流形》中才會有「日之有餌，將何聽？月之有暈，將何征？」的記載。明顯是將自然現象與當政者的施政行爲聯繫起來，典籍之中所見甚多，如：

〔註292〕凡國棟：〈也說《凡物流氣》之「月之有軍（暈）」〉，武漢大學簡帛網（http://www.bsm. org.cn/show_article.php?id=941，2009 年 1 月 3 日）。

《史記·天官書》「日變修德，月變省刑，星變結和。凡天變，過度乃占。國君強大，有德者昌。弱小，飾詐者亡。太上修德，其次修政，其次修救，其次修禳，正下無之。夫常星之變希見，而三光之占亟用。日月暈適。裴駰案：『暈，日旁氣也。適，日之將食，先有黑氣之變。』」。〔註293〕

心怡案：傳世文獻中常記載天文現象，主要是因爲古人常根據天象來判斷是善惡之徵兆，除上文所引《周禮·宗伯·春官》所載的文獻外，在《隋書·天文志·十煇》中屢次提到「日、月暈」是軍隊征戰時勝敗的徵兆：「凡占兩軍相當，必謹審日月暈氣，知其所起，留止遠近，應與不應，疾遲大小，厚薄長短，抱背爲多少，有無實虛久亟，密疏澤枯。」又月暈所呈現出來不同的樣貌，亦有不同的徵兆：「月暈黃色，將軍益秩祿，得位。月暈有兩珥，白虹貫之，天下大戰。月暈而珥，兵從珥攻擊者利。月暈有蜺雲，乘之以戰，從蜺所往者大勝。月暈，虹蜺直指暈至月者，破軍殺將。」除此之外，原考釋者曹錦炎也已經指出《馬王堆帛書·日月風雨雲氣占》中提到月暈與戰爭有密切關係的文例。

【4】正（征）

正，簡文甲本簡10作＿，乙本簡8作＿形。關於簡文＿，此字目前學者皆隸定爲「正」，但有釋爲「征」、「證」、「政」三種說法：

（一）釋為「征」

1、指「征伐」：

原考釋者曹錦炎以爲「正」讀爲「征」，「征」，「征伐」。古占星術認爲月暈和人間征伐有關，如《開元占經》卷十五「月暈一」引甘氏說：「月暈，戰，兵不合，若軍罷。」又引《高宗占》謂：「月暈，明王自將兵。」馬王堆帛書《日月風雨雲氣占》：「月交軍（暈），盡赤，二主遇，起兵。」又《史記·天官書》：「平城之圍，月暈參、畢七重」皆可參。〔註294〕

〔註293〕羅小華：〈《凡物流形》所載天象解釋〉，（武漢：武漢大學簡帛網）（http://www.bsm.org.cn/show_article.php?id=942，2009年1月3日）。

〔註294〕馬承源主編：《上海博物館藏戰國楚竹書（七）》，（上海：上海古籍出版社，2008年12月），頁243。

2、指「行進」：

宋華強認爲「征」應理解爲長征之「征」，即行進之義。〔註295〕

（二）釋爲「證」：

廖名春認爲，「正」當讀爲「証」，也就是「證」，證明、象徵：

　　《儀禮·士昏禮》：「女出於母左，父西面戒之，必有正焉，若衣若笄。」胡培翬《正義》引盛世佐曰：「以物爲憑曰正。」《楚辭·九章·惜誦》：「所非忠而言之兮，指蒼天以爲正。」陸侃如等注：「正，同證，證明。」《孟子·公孫丑上》：「必有事焉而勿正，正勿忘，勿助長也。」楊伯峻注：「王夫之《孟子稗疏》謂『正』讀如《儀禮·士昏禮》『必有正焉』之『正』。正者，徵也，的也，指物以爲徵準使必然也。」《荀子·解蔽》：「凡人之有鬼也，必以其感忽之間疑玄之時正之。此人之所以無有而有無之時也，而己以正事。」于省《香草續校書》：「正，或讀爲証。証者，證也。凡『驗證』字作『証』。下文『而己以正事』，放此。」《正字通·言部》：「証，與證通。」《廣韻·蒸韻》：「徵，證也。」《書·胤征》：「聖有謨訓，明徵定保。」孔傳：「徵，證。」此句是説：月亮有了月暈，將象徵什麼？〔註296〕

（三）釋爲「政」

吳國源認爲當依本字讀爲「正」或「政」，訓爲匡正或治理：

　　上文「聽」與此處「正」相對爲文，連語爲「聽政」，分言之爲「聽」與「政」，皆訓爲「治理」。簡文兩句都是從日月天象來比喻治理國事的準則榜樣問題。〔註297〕

　　心怡案：中國古代認爲天象之變異與地上發生之事會有相應，因此設置有專門的官員負責觀察天象，以觀妖祥之兆。「月暈」在典籍中與軍事息息相

〔註295〕宋華強：〈《上博（七）·凡物流形》箚記四則〉，武漢大學簡帛網（http://www.bsm.org.cn/show_article.php?id=938，2009 年 1 月 3 日）。

〔註296〕廖名春：〈《凡物流形》校讀箚記（一）〉，清華大學簡帛研究（http://www.confucius2000.com/qhjb/fwlx3.htm，2008 年 12 月 31 日）。

〔註297〕吳國源：〈《上博（七）凡物流形》零釋〉，清華大學簡帛研究（http://www.confucius2000.com/qhjb/fwlx5.htm，2009 年 1 月 1 日）。

關，因此「正」應該釋爲「征討」較合理。本節以「日耳」比附「聽」、以「月軍」比附「征」，「日之有耳，將何聽」意謂「太陽有耳（珥），要聽什麼呢」，「日珥」本與「聽」無關，只是比附「耳」字順帶述及「聽」；因此「月之有軍，將何正」，也應比照上句釋爲「月亮有軍（暈），要征討什麼呢」。

〔5〕水之東流，將何涅（盈）？

涅，簡文甲本簡 10 作 ▨ 形，乙本簡 8 作 ▨ 形。從水，呈聲，《廣韻》音以整切。

原考釋者曹錦炎認爲「涅」讀爲「盈」，郭店楚簡本「盈」皆作「涅」。〔註298〕

心怡案：「涅」假借爲「盈」之例常見，如《上博三·恆先》：「訏（信）涅（盈）天墬（地），同出而異生因生（性），元所慾（欲）。」、《九店楚簡》簡 26「乃涅（盈）其志」、「盈」皆作「涅」；《郭店·老子甲》：「朱（持）而涅（盈）之，不不若己……金玉涅室，莫能獸（守）也。」「涅」，馬王堆帛書《老子》甲、乙本皆作「盈」。

〔6〕日之始出，何故大而不啗（炎）

啗，簡文甲本簡 10 作 ▨ 形、乙本簡 8 作 ▨ 形，乙本字形下半部殘泐難以辨識。

原考釋者曹錦炎以爲簡文 ▨ 從羽，「厒」聲，「厒」從「占」聲，隸定作「啗」，字當讀爲「燿」。古音「占」爲章母侵部字，而從「占」得聲的「阽」爲喻母侵部字，「燿」爲喻母藥部字」，兩字爲雙聲關係，例可相通。且按語說楚簡「𦣞」旁有時也省寫成「占」，如《老子》「是以天下樂推而不厭」，郭店楚簡本作「天下樂進而弗詀」，「厭」字作「詀」；「絹」字望山楚簡或作「結」，故此字亦有可能是從「𦣞」聲。古音「𦣞」爲影母元部字，與「燿」聲韻均相近。「燿」，字同「耀」。〔註299〕李銳亦釋作「耀」，但沒有解釋。〔註300〕

〔註298〕馬承源主編：《上海博物館藏戰國楚竹書（七）》，（上海：上海古籍出版社，2008年12月），頁243。

〔註299〕馬承源主編：《上海博物館藏戰國楚竹書（七）》，（上海：上海古籍出版社，2008

宋華強認爲罟當讀爲炎：

> 罟字所從之「启」疑是楚簡中「启」字的異體，後者一般釋爲「砧」字，簡文中讀爲「玷」。「罟」字從「占」聲，屬談部，「燿」屬藥部。藥部是宵部的入聲，宵部和談部存在對轉現象。可見「罟」、「燿」二字不僅聲母接近，韻部也有關係，「罟」可以讀爲「燿」在字音上是沒有問題的。不過把「罟」讀爲「燿」從語音上看畢竟還隔了一層，我們懷疑「罟」當讀爲「炎」。「占」、「炎」都是談部字。聲母方面，「占」是章母，「炎」字《廣韻》于廉切，中古屬雲母。但是從「炎」得聲的字多屬舌音，如「淡」、「啖」、「談」、「痰」、「毯」、「郯」、「錟」等字屬定母，「菼」字屬透母，「琰」、「剡」、「棪」等字屬餘母。據此，「炎」字上古音大概也是舌音，和「占」同聲類。「燿」、「炎」詞義相近。《雲笈七籤》卷九一「如光之不燿，如景之不炎」，《初學記》卷二四引宋何尚之《華林清暑殿賦》「暑雖殷而不炎」。《玉篇》：「炎，熱也。」「不炎」就是不熱。〔註301〕

復旦大學讀書會釋作「炎」，沒有說明。〔註302〕羅小華〔註303〕、孫飛燕〔註304〕同意此說。

心怡案：從甲本簡 10 的字形來看，隸定爲罟，讀爲炎，較爲可信。「燿」，通常指光輝或光采，如《後漢書·郎顗傳》：「是以能建天地之功，增日月之

年 12 月），頁 243。

〔註300〕李銳：〈《凡物流形》釋文新編（稿）〉，簡帛研究（http://jianbo.sdu.edu.cn/admin3/2008/lirui006.htm，2008 年 12 月 31 日），目前此篇文章已經從網路上撤除。

〔註301〕宋華強：〈上博竹書《問》篇偶識〉，武漢大學簡帛研究，（http://www.bsm.org.cn/show_article.php?id=886，2008 年 10 月 21 日）。

〔註302〕復旦大學出土文獻與古文字研究中心研究生讀書會：〈《上博（七）凡物流形》重編釋文〉，復旦大學出土文獻與古文字研究中心（http://www.gwz.fudan.edu.cn/SrcShow.asp?Src_ID=581，2008 年 12 月 31 日）。

〔註303〕羅小華：〈《凡物流形》所載天象解釋〉，武漢大學簡帛網（http://www.bsm.org.cn/show_article.php?id=942，2009 年 1 月 3 日）。

〔註304〕孫飛燕：〈讀《凡物流形》箚記（二）〉，清華大學簡帛研究（http://www.confucius2000.com/admin/list.asp?id=3886，2009 年 1 月 4 日）。

耀者也。」、王充《論衡・雷虛》：「當雷之時，電光時見，大若火之耀。」與簡文所要表達的炎熱意是有差距的，故不適當。

「炎」，《說文》：「炎，火光上也。」《尚書・洪範》：「水曰潤下，火曰炎上。」孔穎達《正義》引王肅曰：「火之性，炎盛而升上。」而引申有「炎熱之意」，如屈原《九章・悲回風》：「觀炎氣之相仍兮，窺煙液之所積。」「炎氣」即是「熱氣」。

〔7〕亓（其）入（日）中【1】，系（奚）故小雁（焉？）【2】暲【3】敃（暑？）【4】。

【1】其入（日）中

入，簡文甲本簡 10 作 形，乙本簡 8 作 形。

原考釋者曹錦炎認爲「人」，此處當作「入」，「人」、「入」字形相近易訛。「入」，進入，到達。〔註305〕顧史考〔註306〕從之。

宋華強以爲「人」字未必有誤，或當讀爲「日」：

> 「人」屬日母眞部，「日」屬日母質部，聲母相同，韻部有嚴格的對轉關係，之所以上文用「日」而此處用「人」，可能是爲了避免重複。此外，由於「日中」是個固定搭配的時分名，即便換字也不易誤讀，又可以和所問之「日」有所區別，這或許也是一個應該考慮的因素。《列子・湯問》「日初出大如車蓋，及日中則如盤盂」，「日初出滄滄涼涼，及其日中如探湯」。簡文「其日中」與「及日中」、「及其日中」同意，只是「其日中」省去「及」，「及日中」省去「其」而已。〔註307〕

〔註305〕馬承源主編：《上海博物館藏戰國楚竹書（七）》，（上海：上海古籍出版社，2008年 12 月），頁 244。

〔註306〕顧史考：〈上博七〈凡物流形〉上半篇試探〉，（上海：復旦大學出土文獻與古文字研究中心）（http://www.gwz.fudan.edu.cn/srcshow.asp?src_id=875，2009 年 8 月 24日），本篇已於《「傳統中國形上學的當代省思」國際學術研討會論文集》：臺北：臺灣大學哲學系主辦，2009 年 5 月 7～9 日發表。

〔註307〕宋華強：〈上博竹書《問》篇偶識〉，武漢大學簡帛研究，（http://www.bsm.org.cn/show_article.php?id=886，2008 年 10 月 21 日）。

李鋭〔註 308〕同意此說。

心怡案：宋華強之說可從，「人」或可讀爲「日」，傳世文獻常見「其日中」，於文意上亦較通順。

【2】雁（焉）

簡文甲本簡 11 作形（下以△代之），乙本殘。

原考釋者曹錦炎以爲△字是「雁」字。〔註 309〕

劉建民將簡文△字讀爲「焉」，作「連詞」用：

> 我們認爲竹書的「小雁障樹」與「大而不罟」也應該是意思相反的兩句。而且這兩句的句式也應該是一致的「雁」處的位置與「而」相同，我們懷疑此字也應該是虛詞，或可以讀爲「焉」。「雁」上古音是疑母元部字，「焉」是匣母元部字，聲母是牙、喉音，發音部位較近，韻部相同。「雁」從「廣」得聲高亨 1989：178 頁有從「廣」聲之字與從「干」聲之字相通的例子。《上海博物館藏戰楚竹書（六）》的《慎子曰恭儉》簡 2 有「干」與「焉」相通的例子，所以從「廣」聲的「雁」應該可以與「焉」相通。「焉」在這裡作連詞用，與其對應的「而」應該意思一樣。〔註 310〕

宋華強〔註 311〕認爲劉說可信。

李鋭以爲簡文字形非「雁」，疑爲「佳」字，似當讀爲「焉」。〔註 312〕

羅小華隸作「」字：

〔註 308〕李鋭：〈《凡物流形》釋文新編（稿）〉，清華大學簡帛研究（http://www.confucius2000.com/qhjb/fwlx1.htm，2008 年 12 月 31 日）。

〔註 309〕馬承源主編：《上海博物館藏戰國楚竹書（七）》，（上海：上海古籍出版社，2008 年 12 月），頁 244。

〔註 310〕劉建民：《讀楚簡劄記一則》，待刊。見宋華強〈上博竹書《問》篇偶識〉，武漢大學簡帛研究，（http://www.bsm.org.cn/show_article.php?id=886，2008 年 10 月 21 日）。

〔註 311〕宋華強〈上博竹書《問》篇偶識〉，武漢大學簡帛研究，（http://www.bsm.org.cn/show_article.php?id=886，2008 年 10 月 21 日）。

〔註 312〕李鋭：〈《凡物流形》釋文新編（稿）〉，清華大學簡帛研究，（http://jianbo.sdu.edu.cn/admin3/2008/lirui006.htm，2008 年 12 月 31 日）。

此字似從「厥」、從「人」、從「土」、「豐」聲。本篇簡 4 有字作「」，與之非常接近，整理者釋爲「逆」；《復旦釋文》改隸爲「佳」。按：我們懷疑此字「厥」旁所從即簡 4「佳」字之變。不過將「人」旁長撇的位置上移一點，「土」旁與「豐」旁的豎筆連接起來。具體通爲何字，待考。〔註313〕

蘇建洲學長應爲從廣封聲，讀爲「方」：

古文字「雁」作：（《包山》145）（《性自命出》7）（《先秦貨幣大系》2476）

均應分析爲從鳥彥省聲，與「△」形體頗有差距。且若將「△」理解爲從「佳」，那也只能釋爲「應」，也不能釋爲「雁」，但是其字形又顯然與「佳」是不相同的。筆者以爲「△」字主體正是甲 4、乙 4 釋爲「封」的「佳」，字形如下：

（甲 4） （乙 4） （△）

看得出來「△」只是將「土」旁寫在「豐」的下面罷了，所以「△」可以分析爲從广「封」聲，可以讀爲「方」。封，幫紐東部；方，幫紐陽部，雙聲，韻部東陽楚國方言常見相通。《凡物流形》甲本簡 5-6 亦是東陽通押可以參考。且古籍中【邦與方】有通假的例證。楊樹達先生也説：「方者，殷周稱邦國之辭。」由簡文上下文對照來看，「方」應該是個虛詞，《古代漢語虛詞詞典》説：「方，副詞。用在複合句的後一分句，表示主體確認前後兩事有條件關係，可譯爲才、這才。」……簡文讀作：

日之始出，何故大而不罷（炎）？其日中，奚故小方障脜（或頭）？「何故大」、「奚故小」均是日的形狀；「不罷（炎）」、「障脜（或頭）」均是人的感受或動作。所以可以翻譯爲：「日剛昇起的時候，爲何大而人不感炎熱？等到正中午時，爲何日變小，人才要障

〔註313〕羅小華：《〈凡物流形〉所載天象解釋》，武漢大學簡帛網，（http://www.bsm.org.cn/show_article.php?id=942，2009 年 1 月 3 日）。

蔽頭部呢？（比喻炎熱）」〔註314〕

顧史考同意字形作隹，釋爲「豐」，「豐彰」可以解作「大彰」、「盛彰」即其熱氣盛開之義。〔註315〕

心怡案：楚系文字雁字作：

A類：（包2‧91/雁）、（包2‧165雁）（新蔡‧甲一‧3/雁）、（天卜/雁）、字形應分析爲從「隹」，「厰」聲。

B類：（《包山》145）（《性自命出》7），從「鳥」從「彥省聲」

不論是A類或B類皆與所論△字字形上是有差距的。但就「從隹之字」來看：（上博一‧緇‧21/隹）、（上博三‧亙‧9/隹）、（上博四‧逸‧4/隹）、（上博五‧姑‧3/隹【誰】），上例諸字象「鳥頭」之形，有作形的情形，筆者以爲簡文△字或許是隹形與人形的共筆故作形，但尚未見雁字有共筆的字形出現。若筆者的假設成立，可將此字釋爲「雁」字而讀爲「焉」則於文意上是較爲同順且合理。

第二，「佳」，《說文》云：「善也。從人，圭聲。」「圭」字楚系文字作：（郭店‧緇‧35/珪）、（上博一‧緇‧18/珪）、（上博二‧魯‧2）、（包山‧81/蠱）、（包山‧259/桂）、（包山‧137/達），就字形上言，與所論△字的右下部件相似，但楚文字目前未見「佳」字。

第三，以爲是「封」字，楚系文字「封」作：（上博二‧容‧18）（上博七‧凡甲‧4）、（上博七‧凡乙‧4）、（新蔡‧乙四‧136），

〔註314〕蘇建洲：〈《凡物流形》「問日」章試讀〉，（上海：復旦大學出土文獻與古文字研究中心）（http://www.gwz.fudan.edu.cn/SrcShow.asp?Src_ID=668，2009年1月17日）。

〔註315〕顧史考：〈上博七〈凡物流形〉上半篇試探〉，（上海：復旦大學出土文獻與古文字研究中心）（http://www.gwz.fudan.edu.cn/srcshow.asp?src_id=875，2009年8月24日），本篇已於《「傳統中國形上學的當代省思」國際學術研討會論文集》；臺北：臺灣大學哲學系主辦，2009年5月7～9日發表。

細察簡文△字，右半部的直畫是由上一貫而下，與 （上博七·凡甲·4）、（上博七·凡乙·4）二字寫法不同。

綜上所論，各家對於 字在字形結構的解釋，仍然沒有完善的說法，因此筆者對於簡文 字，持保留態度，待考。目前暫從原考釋曹錦炎之隸定為「雁」，釋義則從劉建民所釋，釋為「焉」，為連詞。

【3】暲

簡文甲本簡 11 作 形（下以△代之），乙本殘。

原考釋者曹錦炎以為讀為「障」，有遮蔽之義。〔註316〕蘇建洲學長同意曹說，並援引《淮南子·精神訓》：「今夫儒者不本其所以欲，而禁其欲；不原其所以樂，而閉其樂。是猶決江河之原，而障之以手也。」高誘《注》：「障，蔽也。言不能捒也。」〔註317〕

復旦大學讀書會以為讀為「彰」。〔註318〕

李銳引《集韻·陽韻》：「暲，日光上進貌」，或曰讀為「彰」。〔註319〕

心怡案：暲，當讀如本字，指日光彰明之意。

【4】豉（暑）

豉，簡文甲本簡 11 作 （下以△代之），乙本殘泐。對於△字的隸定，目前學者皆隸定為「豉」，有學者認為△字應屬下讀而釋為：「尌」、「脰」、「暑」；

〔註316〕馬承源主編：《上海博物館藏戰國楚竹書（七）》，（上海：上海古籍出版社，2008年12月），頁 244。

〔註317〕蘇建洲：《凡物流形》「問日」章試讀〉，（上海：復旦大學出土文獻與古文字研究中心）（http://www.gwz.fudan.edu.cn/SrcShow.asp?Src_ID=668，2009 年 1 月 17日）。

〔註318〕於〈《上博（七）·凡物流形》重編釋文〉中作「障」，鄔可晶於該篇文章的學者評論區提出為誤將「彰」作「障」。見復旦大學出土文獻與古文字研究生讀書會：〈《上博（七）·凡物流形》重編釋文〉，復旦大學出土文獻與古文字研究中心：（http://www.gwz.fudan.edu.cn/SrcShow.asp?Src_ID=581，2008 年 12 月 31 日）。

〔註319〕李銳：《《凡物流形》釋文新編（稿）》，清華大學簡帛研究，（http://jianbo.sdu.edu.cn/admin3/2008/lirui006.htm，2008 年 12 月 31 日）。

支持△字屬下讀則釋爲：「屢」、「屬」等共五種不同的說法，分別敘述如下：

1、為「尌」之異體：

原考釋者曹錦炎隸定作豈，指出此字亦見於《上博二·容成氏》「東豈（注）之海」、「東豈（注）之河」，讀爲「注」。郭店楚簡《五行》「豈」字三見，均讀爲「誅」。從楚簡「樹」字作「桓」及「豈」字用法分析，「豈」當即「尌」字異構。「尌」即「樹立」之「樹」的本字。此外「樹」也可引申爲「屛」，訓爲遮蔽。「障樹」可以看作是由兩個義近字組合成的同義複詞。〔註320〕

2、釋為「脰」或「頭」：

宋華強以爲「豈」可讀爲「脰」或「頭」，三字皆從「豆」聲。《說文》：「脰，項也。」「小而煬脰/頭」是說正午的太陽雖然看起來小，卻炙烤著頭項。〔註321〕蘇建洲〔註322〕學長從之。

3、釋為「屢」

李銳以爲豈（當從豆聲，古音定紐侯部），疑讀爲「屢」（古音來紐侯部），且將此字歸爲下讀。〔註323〕

4、廖名春以為李銳將此字歸為下讀可從，但「豈」當讀為「屬」：

> 「豈」當讀爲「屬」。郭店《老子》甲本「三言以爲使不足，或命之或嘑豆。」今本和帛書本「豆」皆作「屬」。《建除》：「凡坪日，利以祭祀、和人民，誀事。「誀」也讀爲「屬」。《說文·尾部》：「屬，連也。」「誀聞」當讀爲「屬問」，「屬問」也就是連問。下文「天孰高與？地孰遠與？孰爲天？孰爲地？孰爲地？孰爲雷？孰爲電？土奚得而平？水奚得而清？草木奚得而生？禽獸奚得而鳴？云云，一

〔註320〕馬承源主編：《上海博物館藏戰國楚竹書（七）》，（上海：上海古籍出版社，2008年12月），頁245。

〔註321〕宋華強：〈上博竹書《問》篇偶識〉，武漢大學簡帛研究，（http://www.bsm.org.cn/show_article.php?id=886，2008年10月21日）。

〔註322〕蘇建洲：〈《凡物流形》「問日」章試讀〉，復旦大學出土文獻與古文字研究中心，（http://www.guwenzi.com/SrcShow.asp?Src_ID=668，2009年1月17日）。

〔註323〕李銳：〈《凡物流形》釋文新編（稿）〉，清華大學簡帛研究，（http://jianbo.sdu.edu.cn/admin3/2008/lirui006.htm，2008年12月31日）。

問接一問，當屬「連問」。〔註324〕

5、孫飛燕以為「敊」字當屬上讀為宜，且應讀為「暑」：

筆者推斷「敊」屬上讀。「敊」似當讀爲「暑」。「敊」所從聲符「豆」是定母侯部字，「暑」是書母魚部字，聲母均屬舌音，韻部在楚文字中侯魚合韻，比如郭店《老子》甲篇 33-34 簡「攫鳥猛獸弗扣，骨弱筋柔而捉固，未知牝牡之合然怒」中「扣」、「固」、「怒」合韻。

「暑」意爲炎熱。《說文・日部》：「暑，熱也。」《周易・繫辭上》：「日月運行，一寒一暑。」《淮南子・人間》：「冬日則寒凍，夏日則暑傷。」《列子・天瑞》：「能生能死，能暑能涼。」

上舉傳世文獻各例中「暑」與「涼」相對，其義正如《說文》所言爲「熱」。因此，將「敊」屬上讀爲「暑」，釋爲「熱」，正可以與「不翯（炎）」對應，與《列子・湯問》也相符合。〔註325〕

心怡案：先就△字當屬上讀或下讀進行討論。本句文例爲：

日之始出，何故大而不翯（炎）？

其入中，系（奚）故小雁（焉）暲敊（暑）？

很明顯的，上列二句，是一對比句，上句在陳述「太陽剛剛出來時，爲什麼形體大卻不熱？」下句則是「等到中午時，爲什麼形體變小了，但卻更加明亮炎熱？」若將「敊」屬下讀，則本句無論是在句式或句意上皆不通順。

敊，在楚文字中目前可釋爲「屬」、「誅」、「注」、「樹」四義。但在本簡簡文，此四義皆不通順，但此四字與敊皆有聲音上的關係：

	敊	屬	誅	注	樹
上古聲母	定	端	端	端	定
上古韻母	侯部	侯部	侯部	侯部	侯部

〔註324〕廖名春：〈《凡物流形》校讀零箚（一）〉，清華大學簡帛研究，（http://www.confucius2000.com/qhjb/fwlx3.htm，2008 年 12 月 31 日）。

〔註325〕孫飛燕：〈讀《凡物流形》箚記（二）〉，清華大學簡帛研究，（http://www.confucius2000.com/admin/list.asp?id=3886，2009 年 1 月 4 日）。

上述四字，聲母相近，韻母相同，故可與「戠」通假。而在〈凡物流形〉討論此字的篇章中，唯有孫飛燕將戠讀爲「暑」，於字音上是透母、魚部，聲母相近，韻部魚、侯旁轉；「暑」有「炎熱」意，於文意上是較爲通順的說法。

其次將「戠」釋爲「脰」，指頸項，如《公羊傳・莊公十二年》：「萬怒，搏閔公，絕其脰。」「脰」指的就是脖子。據簡文文意，「日之始出，何故大而不暜（炎）？其入（日）中，系（奚）故小雁（焉）暲戠（暑）？」主詞皆是「日」，由「日」之形體大小，推測距離人們的遠近，和炎熱程度的不同，其實針對自然現象發出的疑問。若將之視爲「到了正中，太陽變小了，人才要障蔽頸（頭）」主語由「日」而轉爲「人」，而再引申爲「炎熱」似乎過於曲折且不好解。

〔8〕孰爲雷神（電）【1】？孰爲啻（霆）【2】？

【1】神（電）

簡文甲本簡 12 作 形，字形雖模糊不清，但隱約看得出是「神」字。

復旦讀書會釋爲「神」，讀爲「電」。〔註 326〕

陳偉依通篇竹書頂格書寫的格式認爲 12 號簡頭端一字，應該是存在的。從殘存筆劃推測，復旦讀書會所釋可從。疑「神」字讀如字。《山海經・海內東經》：「雷澤中有雷神，龍身而人頭，鼓其腹。」〔註 327〕

心怡案：申《說文》：「神也，七月陰氣成，體個申束。從臼，自持也，吏以餔時聽事，申旦政也。 ᳘ 古文申。 ᳘ 籀文申。」申，甲骨文作 ᳘（《鐵》163.4）、西周金文中期作 ᳘（即簋 4250）、西周晚期金文作 ᳘（此鼎 2821），簡大文字作 ᳘（郭・忠・6）字形承甲、金文而中加飾點，或閃電屈折之形變爲「口」形作 ᳘（包 2・42）、 ᳘（信 1・53）。〔註 328〕申，爲電之初文。

〔註 326〕復旦大學出土文獻與古文字研究中心研究生讀書會：〈《上博（七）凡物流形》重編釋文〉，復旦大學出土文獻與古文字研究中心（http://www.gwz.fudan.edu.cn/SrcShow.asp?Src_ID=581，2008 年 12 月 31 日）。

〔註 327〕陳偉：〈讀《凡物流形》小箚〉，武漢大學簡帛網，（http://www.bsm.org.cn/show_article.php?id=932，2009 年 1 月 2 日）。

〔註 328〕陳嘉凌：《楚系簡帛字根研究》，（臺北：國立臺灣師範大學國文研究所碩士論文，

簡文：「問：天篃（孰）高與（歟）？地篃（孰）遠與（歟）？篃（孰）爲天？篃（孰）爲地？篃（孰）爲雷【凡甲 11】神（電）？篃（孰）爲啻（霆）？」從天地問到雷霆，是關乎自然天象之問題，若將「神」讀如本字，則又加入「神仙」的思想，與這一段話的文意上是不符的，因此簡文「神」字，在此釋爲「雷」。上言雷電，下說「霆」，皆是指自然現象。

【2】啻（霆）

，原考釋者曹錦炎隸作「啻」，即「啇」字，讀爲「電」。古音「電」爲定母眞部字，從「啇」聲的「敵」、「蹢」爲定母錫部字，「啇」、「電」爲雙聲關係，可以相通。「電」，閃電。〔註329〕

復旦大學讀書會讀爲「霆」。〔註330〕

陳偉認爲讀爲「帝」，指上帝。〔註331〕

李銳以爲可讀爲「零」：

> 復旦大學出土文獻與古文字研究中心研究生讀書會讀出的「電」，改讀「啻」爲「霆」，合乎上下文韻讀。但讀「啻」爲「霆」，卻與「雷電」之義重複，所以陳偉讀「啻」爲「帝」。然而此讀卻不太合韻，今暫讀爲「零」。此並不與後文論「雨」重複，因爲雹、雨、雪皆可用「零」字。〔註332〕

心怡案：啻，上古音透母支部，霆，定母耕部，聲母相近，韻部亦相近陳師新雄，將古韻「支、錫、耕」列爲同一類〔註333〕，可見韻部相近。復旦讀書

2002 年 6 月），頁 269。

〔註329〕馬承源主編：《上海博物館藏戰國楚竹書（七）》，（上海：上海古籍出版社，2008 年 12 月），頁 246。

〔註330〕復旦大學出土文獻與古文字研究中心研究生讀書會：〈《上博（七）凡物流形》重編釋文〉，復旦大學出土文獻與古文字研究中心（http://www.gwz.fudan.edu.cn/SrcShow.asp?Src_ID=581，2008 年 12 月 31 日）。

〔註331〕陳偉：〈讀《凡物流形》小箚〉，武漢大學簡帛網，（http://www.bsm.org.cn/show_article.php?id=932，2009 年 1 月 2 日）。

〔註332〕李銳：〈《凡物流形》釋讀箚記（三續）〉，清華大學簡帛研究，（http://www.confucius2000.com/admin/list.asp?id=3888，2009 年 1 月 9 日）。

〔註333〕陳師新雄：《聲韻學》，（臺北：文史哲出版社，2005 年 9 月），頁 764。

會之說可從。《淮南子‧天文》：「天之偏氣，怒者爲風；地之含氣，和者爲雨。陰陽相薄，感而爲雷，激而爲霆，亂而爲霧。」可參。

〔9〕卉（草）木系（奚）得而生

![圖] 原考釋者曹錦炎隸作「卉」，引《說文》：「卉，草之總名也。」〔註334〕李銳以爲 ![圖] 當釋作「草」：

> 李學勤學生已經指出楚文字中的「卉」，如長沙子彈庫楚帛書「卉木亡常」的「卉」，及《子羔》簡的「卉茅之中」的「卉」，其實都不是「卉」而是「艸」（草）。〔註335〕

〔10〕夫雨之至，孰靁（唾）【1】津【2】之

【1】靁（唾）

![圖]，原考釋者曹錦炎隸作「雩」，是古代爲祈雨而舉行的祭祀。復旦大學書會〔註336〕、李銳〔註337〕、何有祖〔註338〕從之。

宋華強以爲 ![圖]，應釋作「唾」：

> 此段簡文是問風雨這兩種自然現象如何產生。根據整理者的意見以及我們上文的討論，「夫風之至」句是問風的生成，那麼「夫雨之至」句也應該是問雨的生成。如果把「D瀘」釋爲「雩蘦」，則

〔註334〕馬承源主編：《上海博物館藏戰國楚竹書（七）》，（上海：上海古籍出版社，2008年12月），頁247。

〔註335〕李銳〈《凡物流形》釋文新編（稿）〉，清華大學簡帛研究，（http://jianbo.sdu.edu.cn/admin3/2008/lirui006.htm，2008年12月31日）。

〔註336〕復旦大學出土文獻與古文字研究中心研究生讀書會：〈《上博（七）凡物流形》重編釋文〉，復旦大學出土文獻與古文字研究中心（http://www.gwz.fudan.edu.cn/SrcShow.asp?Src_ID=581，2008年12月31日）。

〔註337〕李銳〈《凡物流形》釋文新編（稿）〉，清華大學簡帛研究，（http://jianbo.sdu.edu.cn/admin3/2008/lirui006.htm，2008年12月31日）。

〔註338〕何有祖：〈《凡物流形》箚記〉，武漢大學簡帛研究，（http://www.bsm.org.cn/show_article.php?id=925，2008年12月31日）。

是說祈雨，而非成雨，與上下文意不照。其實 D 可能並不是「雩」字。古文字「雩」下部皆從「于」，D 下部不從「于」，而是從 。「巫」字小篆作：，與「」相近。《說文》「巫」古文作：，左從「乇」形。 下部正與楚文字「乇」的形體相同，亦可爲證。如此 D 可以隸定爲「霏」，從「雨」、「垂」聲，在簡文中疑可讀爲「唾」。因爲是說雨，故從「雨」作。《說文》：「唾，口液也。」亦可用爲動詞，如《戰國策‧趙策四》「老婦必唾其面」。郭店簡《窮達以時》4 號「瀘」亦讀爲「津」。《素問‧調經論》「人有精氣津液」，王冰注引《針經》。「腠理發泄，汗出溱溱，是謂津。」是「唾津」可以指唾液和汗液。「津」字也可以用爲動詞，表示出汗或滋潤。例如《淮南子‧天文》：「方諸見月，則津而爲水。」《西京雜記》卷五：「太平之時，雨不破塊，津莖潤枝而已。」

根據「夫風之至」句是說風之起乃因某種神物的呼吸所致，我們懷疑「夫雨之至」句是說雨水乃某種神物的唾液和汗液而成。中國自古就有吐嗽津唾而成的神話傳說，例如：

《西京雜記》卷三：「淮南王好方士，方士皆以術見。遂有畫地成江河，撮土爲山岩，噓吸爲寒暑，噴嗽爲雨霧。」

《後漢書‧樊英傳》：「嘗有暴風從西方起，英謂學者曰：『成都市火甚盛。』因含水西向漱之，乃令記其日時。客後有從蜀都來，云『是日大火，有黑雲卒從東起，須臾大雨，火遂得滅。』於是天下稱其術藝。」……。

綜上所述，我們認爲簡文應該釋寫爲：「夫雨之至，孰霏（唾）瀘（津）之？夫風之至，孰颼（噓）飄（吸）而逆之？」意思是：雨水降下，是誰的津唾所成？大風刮起，是誰的呼吸所致？[註339]

心怡案：楚文字「雩」之字作 （上博一‧緇‧20）與簡文 字構形不同。宋

華強之說可從。就上下文意來看，將釋爲「雩」，並不通順，若視爲「唾津」則可與下文「噓唏」對文。都在說明，人類對於自然現象－雨、風來源的想像。

【2】濂（津）

津，簡文甲本簡 14 作形，乙本簡 9 作形。

原考釋者曹錦炎將簡文隸作「漆」，引申爲「黑」。〔註 340〕

何有祖隸作「濂」，讀爲「薦」，指祭祀時獻牲。〔註 341〕

宋華強隸作「濂」，讀爲「津」：

> 郭店簡《窮達以時》4 號「濂」讀爲「津」，《上博（二）·容成氏》51 號「濂」亦讀爲「津」。疑此處「濂」亦應讀爲「津」。〔註 342〕

心怡案：戰國文字中的「漆」字作：

1.漆垣戈	2.上郡守戈	3.高奴權	4.上郡守壽	集證 222	秦印匯編

與簡文所論的、二形不同，「漆」字有一豎直貫而下，左右至少有三斜筆，象漆木流出漆水之狀。簡文甲本簡 14形，乙本簡 9形，從字形上來看，其左半部爲「水」形當無可疑，然而這二字的右半部，卻稍有不同，戰國楚系文字中的「濂」作（郭店·窮·4）、（郭店·成·35）、（上博二·容·51），上列的三個例子，其中（郭店·成·35）的右半與乙本簡 14 的字形相似，則可從宋華強之說隸定爲「濂」，釋爲「津」。

〔註 340〕馬承源主編：《上海博物館藏戰國楚竹書（七）》，（上海：上海古籍出版社，2008 年 12 月），頁 250。

〔註 341〕何有祖：〈《凡物流形》劄記〉，武漢大學簡帛研究（http://www.bsm.org.cn/show_article.php?id=925，2008 年 12 月 31 日）。

〔註 342〕宋華強〈《上博（七）凡物流形》劄記四則〉，武漢大學簡帛網（http://www.bsm.org.cn/show_article.php?id=938，2009 年 1 月 3 日）。

〔11〕夫凸（風）[1] 之至，孰颭（噓）飆（吸）[2] 而迸 [3] 之？

【1】凸（風）

風，簡文甲本簡 14 作 ▨ 形，乙本簡 9 作 ▨ 形。

原考釋者曹錦炎認爲「凸」，爲「凡」字繁構，贅增「口」旁。「凡」，讀爲「風」，「風」從「凡」聲，可以相通。風，空氣流動的現象。〔註343〕

心怡案：〈凡物流形〉出現多次「凸」字，如 ▨ （凡甲 1）、▨ （凡甲 3 背）、▨ （凡乙 1）等形，比較特別的是乙本簡 9 的 ▨ 字，與上列諸字相較多了右上旁的一小撇畫，但就 ▨ （凡甲 14）來看，與 ▨ （上博二・從甲 9）構形相同，故可視爲「凸」，讀爲「風」。「凡」並母侵部、「風」，幫母侵部，聲近韻同，故可通假。

【2】颭（噓）飆（吸）

颭（噓），甲本簡 14 作 ▨ 乙本簡 9 作 ▨。

原考釋者曹錦炎隸定作「颭」，讀爲「披」。「披」，飄動。與《莊子・天運》：「風起北方……孰噓吸是？孰居無事而披拂是？」以「披拂」指「風」飄動，與簡文用法相似，又「颭」字若讀爲「飄」亦可，指風吹送。簡文 ▨，隸定作「飆」，《說文》未收，字見《廣韻》。後世有「颯飆」一詞，見杜甫《贈崔十三評事公輔》詩「颯飆寒山桂」，指大風貌。又古以「習習」形容風貌，如《詩・邶風・谷風》「習習谷風」。「飆」字用法或同「習」。〔註344〕

孫飛燕認爲原考釋者者將二字分開訓釋似乎不必。簡文「颭飆」當爲連綿詞，似即《莊子・天運》的「披拂」。成玄英注：「披拂，猶扇動也。」《經典釋文》：「披拂，風貌。」〔註345〕

〔註343〕馬承源主編：《上海博物館藏戰國楚竹書（七）》，（上海：上海古籍出版社，2008年 12 月），頁 250。

〔註344〕馬承源主編：《上海博物館藏戰國楚竹書（七）》，（上海：上海古籍出版社，2008年 12 月），頁 250。

〔註345〕孫飛燕：〈讀《凡物流形》箚記〉，武漢大學簡帛網（http://www.confucius2000.com/admin/list.asp?id=3862，2009 年 1 月 1 日）。

宋華強以爲「飆」與「拂」聲韻皆遠，難以相通。懷疑「颰飆」當讀爲「噓吸」：

「颰」，整理者讀爲「披」。孫飛燕先生認爲「颰飆」當爲連綿詞，似即《莊子·天運》的「披拂」。按，「飆」與「拂」聲韻皆遠，難以相通。我們懷疑「颰飆」當讀爲「噓吸」。「噓」屬曉母魚部；「颰」從「皮」聲，「皮」屬並母歌部，「颰」也應該屬唇音歌部。從聲母來説，某些唇音字和喉牙音相通。「噓」從「虛」聲，「虛」從「虎」聲，從「虎」聲的字有些就讀唇音，如「膚」讀幫母。又如郭店簡《窮達以時》3 號「河臣」當讀爲「河浦」，11 號「告古」當讀爲「造父」，「臣」從「古」聲，屬見母，而「浦」屬滂母，「父」屬並母。從韻部來説，歌、魚二部可以相通。李家浩先生曾有引證，茲引其説如下：

《史記·趙世家》趙武靈王十七年「爲野臺」，張守節《正義》引《括地志》云：「野臺一名義臺。」「野」屬魚部，「義」屬歌部。《詩·周頌·維天之命》「假以溢我」，《説文》言部「諤」字説解引「假」作「諤」，「假」屬魚部，「諤」屬歌部。《周禮·春官·典瑞》「疏璧琮以斂屍」，鄭玄注引鄭司農云：「疏，讀爲沙。」「疏」屬魚部，「沙」屬歌部。《説文》大部「奢」字籀文作「奓」從「多」聲，「奢」屬魚部，「多」屬歌部。古書中當病癒講的「瘥」，楚簡文字多作「癥」，從「虗」聲，「瘥」屬歌部，「虗」屬魚部。《楚辭·九辨》以魚部的「瑕」與歌部的「加」押韻。此是歌、魚二部的字音相近的例子。

所以「颰」讀爲「噓」是可以的。「飆」屬邪母緝部，「吸」屬曉母緝部，字又作「噏」。邪母字多有與喉牙音字相通之例，如「松」（邪母）從「公」（見母）聲，「邪」（邪母）從「牙」（疑母）聲。出土文獻中也不乏這類現象。所以「飆」可以讀爲「吸」。

《莊子·天運》「風起北方……孰噓吸是？」其言與簡文類似。古人認爲大風之起，是某種自然之物或神靈之物的呼吸吐納所致。如《莊子·逍遙遊》：「夫大塊噫氣，其名爲風。」「噫」訓「出息」，

「噫氣」即出氣。《山海經·海外北經》：「鍾山之神，名曰燭陰。視爲畫，瞑爲夜，吹爲冬，呼爲夏。不飲不食不息，息爲風。」一呼一吸曰「息」，「息爲風」即呼吸成風之意。〔註346〕

心怡案：宋華強之說可從。傳世文獻中「噓吸」指呼吸吐納之意，除見於《莊子·天運》：「風起北方，一西一東，有上彷徨，孰噓吸是，孰居無事而披拂是。」外，《左傳·昭公七年》孔穎達《正義》云：「人稟五常，以生感陰陽，以靈感陰陽，以有身體之質，名之曰形。有噓吸之動，謂之爲氣。形氣合而爲用，知力以此而彊，故得成爲人也。」、《禮記正義》：「氣謂噓吸出入也者。謂氣在口噓吸出入，此氣之體無性識也。」

【3】迸

迸，簡文甲本簡 11 作 形，乙本簡 9 作 形。

原考釋者曹錦炎認爲「迸」通「屏」，訓爲「逐」。《禮記·大學》：「唯仁人放流之，迸諸四夷，不與同中國。」朱熹注：「迸，讀爲屏，古字通用。屏，猶逐也。」〔註347〕

宋華強以爲「迸」字不必改讀爲「屏」：

「迸」，古書多訓爲「散」或「散走」，「散」可用來描寫氣體。

並例舉出「迸」字用法引《太平御覽》卷九三六引《嶺南異物志》：「波如燃火滿海，以物擊之，迸散如星。」《文選·魏都賦》：「泉流迸集而映咽。」《太平御覽》卷十五引東方朔《十洲記》：「當其神也，立起風雲，吐嗽霧露，百邪迸走。」皆可與簡文參看。「夫風之至，孰噓吸而迸之？」是問：大風起兮，是誰在呼吸而放散出來的？〔註348〕

心怡案：將「迸」訓爲「逐」，於文意不符。宋華強之說可從。「迸」，在本

〔註346〕宋華強《上博（七）凡物流形〉簡記四則》，武漢大學簡帛網（http://www.bsm.org.cn/show_article.php?id=938，2009 年 1 月 3 日）。

〔註347〕馬承源主編：《上海博物館藏戰國楚竹書（七）》，（上海：上海古籍出版社，2008 年 12 月），頁 250。

〔註348〕宋華強《上博（七）凡物流形〉簡記四則》，武漢大學簡帛網（http://www.bsm.org.cn/show_article.php?id=938，2009 年 1 月 3 日）。

簡當訓爲「向外四散」，如白居易《琵琶行》：「銀瓶乍破水漿迸，鐵騎突出刀槍鳴。」可參。

三、小　結

　　本章探討了許多自然徵象，針對自然徵象的發生，提出了疑問，極富有哲學思考性。約可分類爲：一、物之成毀，始於細微之兆；二、對大自然的現象，發出疑問：

　　一、物之成毀，始於細微之兆：任何事物的發生，必有其徵兆，由小而大聚斂而成，故簡文曰：「迬（登）高從埤（卑），至遠從迡（邇）。十回（圍）之木，其訇（始）生女（如）蘗（蘖）。足將至千里，必從弃（寸）始。日之有珥，將何聽？月之有暈，牁（將）可（何）正（征）？」

　　二、針對自然現象，提出疑問：古人對於無法解釋的自然現象，都會運用其豐富的想像力，如：看到水不斷的向東流，就會興起，是要注滿什麼地方嗎？簡文曰：「水之東流，牁（將）何涅（盈）？」或看到太陽初升時，體積較大，理應距離我們較近，應該會感到比較炎熱；而正午的太陽，看起來體積較小，因盤推論離我們較遠，但又爲何炎熱無比？而有簡文這樣的疑問。「日之訇（始）出，何古（故）大而不胥（炎）？其入（日）中，系（奚）古（故）小雁（焉）暲敼（暑）」。也對於風、雨的形成感到非常好奇，以爲是不是有「人」呼吸、吐口水而形成。簡文如是說：「夫雨之至，箸（孰）霊（唾）津之？夫凸（風）之至，箸（孰）颵（噓）飆（吸）而迬之？」

　　此外更對萬物爲何得以生長，而產生了數個問句，簡文曰：「天箸（孰）高與（歟）？地箸（孰）遠與（歟）？箸（孰）爲天？箸（孰）爲地？箸（孰）爲雷神？箸（孰）爲啻（霆）？土系（奚）旱（得）而平？水系（奚）旱（得）而清？草木系（奚）旱（得）而生？禽獸系（奚）旱（得）而鳴？」。

第三節　「察道」章文字考釋

壹、釋　文

　　訐（問）之曰：戩（察）道，坐不下笘（席）；〔1〕耑（端）曼（冕）【凡甲一四】，書（圖）不與事〔2〕，先知四海，至聽千里，達見百里。

〔3〕是故聖人尻（處）於其所，邦豪（家）之【凡甲一六】砫（危）伩（安）存亡，惻（賊）惥（盜）之复（作），可先知〔4〕

釂（問）之曰：心不勅（勝）心，大亂乃作；〔5〕心如能勅（勝）心，【凡甲二六】是謂小徹。〔6〕系（奚）謂小徹？人白爲戠（察）。系（奚）以知其白？終身自若。〔7〕能寡言，虗（吾）能鼠-（一）【凡甲一八】虗（吾），夫此之謂省（小）成。〔8〕曰：百姓之所貴唯君，君之所貴唯心，心之所貴唯鼠-（一）。尋（得）而解之，上【凡甲二八】宁（賓）於天，下番（蟠）於困（淵）。〔9〕坐而思之，誨（謀）於千里〔10〕；记（起）而用之，練（申）於四海。〔11〕

釂（聞）之曰：至情而智，【凡甲一五】戠（察）智而神，戠（察）神而同，戠（察）同而僉，戠（察）僉而困，戠（察）困而逡（復）。〔12〕是故陳爲新，人死逡（復）爲人，水逡（復）【凡甲二四】於天咸。〔13〕百勿（物）不死女（如）月，出則或入，冬（終）則或詷（始），至則或反（返）。〔14〕戠（察）此言，起於一喘（端）。〔15〕【凡甲二五】

貳、文字考釋

〔1〕釂（問）：戠（察）【1】道，坐不下笞（席）【2】。

【1】戠（察）

察（戠），簡文甲本簡 14 作 ▨ 形，乙本簡 10 作 ▨ 形（下文以△字代之），學者對於△字字形有戠、戠二種不同的隸定，釋作「識」、「得」「守」、「執」、「察」等說法，茲分類敘述於下：

一、隸定為「戠」

將△字隸定作「戠」，有讀爲「識」、「守」、「執」、「得」、「察」等不同意見：

1. 讀「識」，以為是「識」之異體

原考釋者曹錦炎隸定爲「戠」，以爲是「識」之異體，其構形是在「戠」字上加注「少」聲（「戠」字所從之「音」，簡文或從「言」，古文字「音」、「言」作偏旁時可互作）。「識」字從「戠」得聲，「識」、「職」相通，可爲旁證。而

古音「少」爲書母宵部字，「識」爲書母職部字，兩字爲雙聲關係，故可以加注「少」聲。郭店楚簡《尊德義》、《成之聞之》中從「戈」旁被釋爲「戔」讀爲「察」的字其實也是「戠」字，與包山楚簡、郭店楚簡其他「誓」字（即讀爲「察」字）構形有別。「識」，知道、瞭解。〔註349〕李銳〔註350〕從之。

2. 讀為「執」或「守」

復旦讀書會亦隸作「戠」，不確定讀爲「執」或「守」。〔註351〕

3. 讀為「得」

廖名春以爲「識」當讀爲「得」：

> 「識」、「得」古音相近。文獻中「得」與從「直」的「德」（悳）常通用，而從「戠」之字又與從「直」之字常通用。《詩·魏風·碩鼠》：「樂國樂國，爰得我直。」王引之《經義述聞》：「直，當讀爲職。」因此，「識道」可讀爲「得道」。〔註352〕

4. 讀為「察」

顧史考對於諸家各說之得失有詳細的說明，並輔以押韻觀點說明應釋爲「察」：

> 然而職、宵二部旁對轉關係並非甚近，因而視「少」爲追加聲符實缺乏說服力，何況「識」與「道」或「一」等並不常見搭配，而「得」一詞於本篇已另有其字，因此這兩種可能性似乎不大。比較值得考慮之說有三，即釋讀爲「守」、「執」或「察」。
>
> 「守」爲復旦讀書會所提出的兩種可能讀法之一，因爲非該文之重點所在而並未多加說明。蓋「守」爲書紐幽部，幽、宵二部旁

〔註349〕馬承源主編：《上海博物館藏戰國楚竹書（七）》，（上海：上海古籍出版社，2008年12月），頁250。

〔註350〕李銳：《〈凡物流形〉釋文新編（稿）》，清華大學簡帛研究（http://www.confucius2000.com/qhjb/fwlx1.htm，2008年12月31日）。

〔註351〕復旦大學出土文獻與古文字研究中心研究生讀書會：〈《上博（七）凡物流形》重編釋文〉，復旦大學出土文獻與古文字研究中心（http://www.gwz.fudan.edu.cn/SrcShow.asp?Src_ID=581，2008年12月31日）。

〔註352〕廖名春：〈《凡物流形》校讀零箚（二）〉，清華大學簡帛研究（http://www.confucius2000.com/qhjb/fwlx4.htm，2008年12月31日）。

轉可通，因而「少」可以視爲「守」字聲符，而或者又因爲可以「言」
守信，以「戈」守城，所以「言」、「戈」會意「守」之義亦可說明
字形之所以然。讀爲「守」於文義相當通順，「守道」、「守一」等均
多見於文獻，如《管子・內業》：「能守一而棄萬苛」，《墨子・脩身》：
「守道不篤、遍物不博、辯是非不察者，不足與遊」等。祇是「守」
字於已見楚簡中均寫作「守」或「獸」等，未見寫作如此之形者。「執」
則爲復旦讀書會所提出的可能讀法之二，亦未加說明。此後力主此
說者爲楊澤生（三），認爲章母緝部的「執」字可以與「少」符「旁
對轉」而相通，且說「執」字的「拘捕、持守」之義可以如「守」
字一樣與所從的「戈」旁聯繫起來，以爲「執」、「守」二字「音義
皆近」而可以相通。其實緝部與宵、幽二部關係均屬疏遠，尤其是
前者，而楊氏儘管於此種通假上另有詳說以辯之，然論證較曲，仍
感「少」聲與「執」字殊難相通。然而此說仍有說服力之處，則在
於其對文義及字詞搭配問題上；如楊氏所舉的《管子・內業》：「執
一不失，能君萬物」（亦見〈心術下〉篇）；《呂氏春秋・有度》：「先
王不能盡知，執一而萬物治」；《莊子・天地》：「執道者德全……聖
人之道也」等，其「執道」、「執一」之例尚多，今不贅。

　　至於此字讀爲「察」之說，則取論方向稍有不同。首先，整理
者釋文中已指出此字與郭店楚簡〈尊德義〉、〈成之〉等篇中之「從
『戈』旁被釋爲『諓』讀爲『察』」之字似是同一個字（「」〔〈尊
德義〉簡 8〕），認爲郭店簡該字原被誤釋而實該改釋爲此「識」字
異體。然何有祖（一）則反過來說本篇本字實該讀爲「察」，即「體
察」、「諒察」之義，又指出其上面釋爲「少」聲之三筆，本篇中寫
得「並無章法」，有的祇作三筆而寫作「少」的祇是「其中的變體」。
徐在國則贊同何氏之讀法而不同意其字形分析，認爲整理者從「少」
聲之說是對的，祇是對整字構形亦與之不同。徐氏分析爲從「言」、
從「戈」、「少」聲，而從「戈」、「少」聲的部分「」亦即相當於
一般寫作「截」之字。如此一來，徐氏即將此字分析爲從「言」，「截」
聲而視爲「譬」字異體，在此讀爲「察」而當作「瞭解」之義。此

字是否與〈尊德義〉、〈成之〉彼字相同尚待進一步的研究，而「察」字在楚簡中爲何會有那麼多不同寫法（如郭店〈五行〉簡13「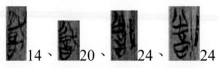」字是）亦是令人費解之事，然其字形上的證據仍是比其他解釋強些，且讀爲「察」於文義上亦是較爲通順之讀法。《管子‧兵法》：「明一者皇，察道者帝，通德者王」；《大戴禮記‧子張問入官》：「故君子南面臨官……察一而關於多。一物治而萬物不亂者，以身爲本也」；是其例。總之，此字讀「守」，讀「執」，讀「察」皆有其理，然缺乏進一步的證據，皆難以視爲定論。本文姑且一以讀爲「察」而論之。……

值得注意的是，以此章與前章的韻腳論之，此「戠」字該爲月部或鐸部字方是，而若釋爲「察」則恰好是月部字，比起此字其他的可能釋讀皆諧和得多，似可視爲其確爲讀「察」之字的佐證；此點，沈培（見復旦讀書會〈重編釋文〉文後「水土」先生之評語）已指出過。〔註353〕

二、隸定為「戠」

將簡文△字隸定爲戠，關於釋讀主要有以下二種說法：

1. 讀為「察」

何有祖以爲「察」字楚簡多見，其中一體正是從戈，以及言上做三筆，釋爲「察」：

此字多見，大致有如下體：

14、20、24、24

此字右部言上作三筆較爲明顯，或寫法近似「少」，如簡 14、20 的寫法，但也並無章法，只作三筆的，如簡 24 的寫法。從少的寫法，只是其中的變體。該字寫法與「察」字接近。楚簡察字多見，其中一體作：

〔註353〕顧史考：〈上博七〈凡物流形〉下半篇試解〉，復旦大學出土文獻與古文字研究中心（http://www.gwz.fudan.edu.cn/srcshow.asp?src_id=876，2009 年 8 月 24 日）。

（郭店《尊德義》8、17）

正是從戈，以及言上作三筆，字當釋爲「察」，指體察、諒察。

《國語‧吳語》：「今君王不察，盛怒屬兵，將殘伐越國。」韋昭注：「察，理也。」《楚辭‧離騷》：「怨靈修之浩蕩兮，終不察夫民心。」〔註354〕

徐在國以爲△字左上部從「少」是正確的，疑△字應分析爲從「言」，「戔（截）」聲，隸定作「譐」，疑爲「詧」字異體，認爲何有祖讀爲「察」是對的，但何說「從少的寫法，只是其中的變體」的說法則認爲不可從。〔註355〕

楊澤生同意徐在國隸定爲「譐」，但應讀爲「崇」：

> 《說文》言部有「從言、少聲」的「誚」字，「讀若魗」。「魗」古音屬崇母談部，「少」屬書母宵部，這是屬於裘錫圭討論過的「上古漢語的宵談對轉」的例子。從「魗」得聲的「譏」與「魗」讀音相同，而「譏」與「崇」相通，如《左傳‧昭公三年》：「譏鼎之銘。」孔穎達《正義》引服虔云：「『譏鼎』《明堂位》所云『崇鼎』是也。」所以我們懷疑簡文「譐」字應該讀作「崇」。〔註356〕

心怡案：以上諸說對於△字的字形上有譐、譐二種不同的隸定，主要是對於左半部從「音」及從「言」二種不同的看法。「音」，甲骨文未見，西周金文作 （秦公鎛），楚系文字字形承襲金文作 （包‧2‧200），或橫畫變爲豎筆作 （包‧2‧248）。而楚系簡帛的「音」字，目前可歸爲二種構形：

（一）作 （包‧214）、（郭‧老乙‧12）、等形，於「口」形中加一短橫畫；

（二）作：（包‧248）、（郭‧老甲‧16）等形，於「口」形部件中加一短豎。

〔註354〕何有祖：〈《凡物流形》箚記〉，武漢大學簡帛網（http://www.bsm.org.cn/show_article.php?id=925，2009 年 1 月 1 日）。

〔註355〕徐在國：〈談上博七《凡物流形》中的「詧」字〉，復旦大學出土文獻與古文字研究中心（http://www.gwz.fudan.edu.cn/SrcShow.asp?Src_ID=631，2009 年 1 月 6 日）。

〔註356〕楊澤生：〈《上博七》補說〉，復旦大學出土文獻與古文字研究中心（http://www.gwz.fudan.edu.cn/SrcShow.asp?Src_ID=656，2009 年 1 月 14 日）。

在殷墟卜辭只有「言」字沒有音字，在西周金文「言」、「音」二字經常互用，根據這個現象來看「言」、「音」二者確實本該爲一字，後來由於語言的引申的關係，逐漸分化分化成二個字。〔註357〕而認爲應該隸作「戠」的學者，或以爲△字的下半部其實就是「戠」字。「戠」字金文作 （免簋二）從「音」，至戰國楚系簡帛文字所從「音」旁除承襲金文作 （曾·44）外，其變化與楚系「昔」字相似有作 （包 2·243）、或「川」形簡省作 （包 2·18）、（秦·13·5）或加豎筆而與「巫」字相似作 （包 2·203）、或變化與「旁」形相似作 （曾·54）字形較爲特別；下部則爲「口」形、「日」形、「目」形、「田」形等。〔註358〕

在《上博二·從政甲篇》簡12有個 字與△字類似，唯多了左半的人形及上半部的齒形。關於 字，原考釋隸定爲「儞」，字不識。〔註359〕李銳疑從「戠」，讀爲「識」。〔註360〕周鳳五主張 字左旁從人，右旁上從臼、下從戠，乃「識」字異構。〔註361〕徐在國〔註362〕、何琳儀〔註363〕、黃錫全〔註364〕皆以爲「臼」形乃戰國文字的「齒」字，作聲節符用，「臼（齒）」、（戠）同屬「儞」

〔註357〕林師清源：《楚國文字構形演變研究》，東海大學中國文學系博士論文，1997年，12月，頁181。

〔註358〕陳嘉凌：《楚系簡帛字根研究》，臺灣師範大學國文研究所碩士論文，2002年6月，頁151。

〔註359〕馬承源主編《上海博物館藏戰國楚竹書（二）》，（上海：上海古籍出版社，2002年12月），頁225。

〔註360〕李銳：〈上博館藏楚簡（二）初箚〉，清華大學簡帛研究（http://www.jianbo.org/wssf/2003/lirui01.htm，2003年1月6日）。

〔註361〕周鳳五：〈讀上博楚竹書《從政（甲篇）》箚記〉，清華大學簡帛研究（http://www.jianbo.org/Wssf/2003/zhoufengwu01.htm，2003年1月10日）。

〔註362〕徐在國：〈上博竹書（二）文字雜考〉，清華大學簡帛研究（http://www.jianbo.org/Wssf/2003/xuzaiguo02.htm，2003年1月14日）。

〔註363〕何琳儀：〈滬簡二冊選釋〉，清華大學簡帛研究（http://www.jianbo.org/Wssf/2003/helinyi01.htm，2003年1月14日）。

〔註364〕黃錫全：〈讀上博藏楚竹書（二）箚記（貳）〉，清華大學簡帛研究（http://www.jianbo.org/Wssf/2003/huangxiquan02.htm，2003年3月6日）。

聲符。陳美蘭學姊認為「臼」字上古音為群紐幽部,「臼(齒)」為昌紐之部,「㑞(識)」為章紐職部,「臼(齒)」、(㑞(識)聲紐相近,韻部為陰入對轉,故從「齒」聲之說可從。〔註365〕但簡文△字上部並非「齒」形,亦未見齒形作 、

或 等形,因此暫時不考慮讀為「識」。

或有學者以為△字上部從「少」或從「小」,楚系文字「從少」之字作:

少	少	少	少
1.郭‧老甲‧2	2.郭‧緇‧7	3.包229	4.曾18
少	少	少	
5.曾117	5.郭店‧太‧9	6.包167	

「從小」之字作:

小	少	少	少
1.郭‧成‧34	2.上博二‧從乙‧3	3.曾3	4.曾61
勢	勢	勢	
5.曾183	6.曾187	7.曾124	

由上列二表可以看到「少」、「小」在楚系簡帛文字雖然已經分化但還是會因形音俱近而有互作之例。〔註366〕如「從小之字的字表」字例3、4即是「少」、「小」互作之例。再看本篇所出現的△字依本文簡序將相對應的「察」字列於下表:

				相對應的簡文殘泐		
凡‧甲14	凡‧甲18	凡‧甲24	凡‧甲24		凡‧甲24	凡‧甲24

〔註365〕季旭昇主編、陳美蘭、蘇建洲、陳嘉凌合撰:《上海博物館藏戰國楚竹書(二)》讀本,(臺北:萬卷樓),2003 年 7 月,頁 83。

〔註366〕陳嘉凌:《楚系簡帛字根研究》,國立臺灣師範大學國文研究所碩士論文,2002 年 6 月,頁 732～733。

	相對應的 簡文殘泐				
凡·乙 10		凡·乙 17	凡·乙 17	凡·乙 17	凡·乙 17	凡·乙 17
凡·甲 25	凡·甲 22	凡·甲 22	凡·甲 22	凡·甲 23	凡·甲 20
	相對應的 簡文殘泐				相對應的 簡文殘泐
凡·乙 18		凡·乙 15	凡·乙 15	凡·乙 15	

互相對照後，發現本篇〈凡物流形〉中甲、乙本所出現的△字，其左上的部件字形有作「少」形亦有作「小」形。「少」、「小」由於形音相當接近，而有互作之例，例如「宵」有作 （包 2·182），從「小」；亦有作 （包 2；119）從小。因此簡文此部件應該就是「小」、「少」形近互作之例。何有祖舉出 、（郭店《尊德義》8、17）二字，與簡文△字字形相似，應該就是郭店楚簡《尊德義》簡 8、17 的「察」字，說法可從。

在音韻方面，顧史考從諧韻考慮，認爲△字讀爲「察」可以諧韻：

（奚）謂小徹？　　【月部】

人白爲察。　　【月部】

（奚）以知其白？　【鐸部】

終身自若。　　【鐸部】

據此本文傾向將△字讀爲「察」，有「明辨、瞭解」之意。

【2】坐不下筶（席）

筶（席），簡文甲本簡 14 作「」形、乙本簡 10 作「」形，原考釋曹錦炎隸定爲「筶」，從「竹」，「石」聲，楚文字「席」字，亦見仰天湖、信陽及望山楚簡、上海博物館藏楚竹書《天子建洲》等。「坐不下席」，爲坐著不離往席位。引《文子·精誠》：「聖人不降席而匡天下。」可參。〔註 367〕

〔註 367〕馬承源主編：《上海博物館藏戰國楚竹書（七）》，（上海：上海古籍出版社，2008年 12 月），頁 251。

秦樺林認爲由「坐不下席」可看出〈凡物流形〉推崇無爲而治：

> 《大戴禮記・主言》：「孔子愀然揚麋（眉）曰：『參，女以明主爲勞乎？昔者舜左禹而右皋陶，不下席而天下治。……明主奚爲其勞也？』」《文子・精誠》：「（大人）執沖含和，不下堂而行四海，變易習俗，民化遷善，若生諸己，能以神化者也。」《淮南子・泰族》：「執中含和，不下廟堂而衍四海，變習易俗，民化而遷善，若性諸己，能以神化也。」〔註368〕

顧史考亦認爲是某種「無爲而治」、「無爲而無不爲」之說，亦即所謂「先知」之理。看先秦傳世文獻，則有如《大戴禮記・主言》：「昔者舜左禹而右皋陶，不下席而天下治」；《戰國策・秦策三》「蔡澤見逐於趙」章：「今君相秦，計不下席，謀不出廊廟，坐制諸侯，利施三川」；及《戰國策・齊策五》「蘇秦說齊閔王」章：「衛鞅之始與秦王計也，謀約不下席，言於尊俎之間，謀成於堂上，而魏將以（已）禽於齊矣」，皆是其例。〔註369〕

心怡案：箬（席），楚系簡帛文字常見： 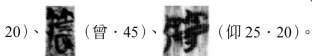（郭・成・34）、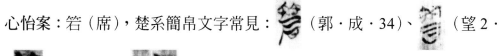（望2・20）、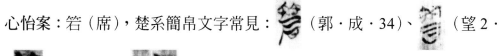（曾・45）、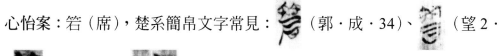（仰25・20）。

「不下席」除先秦文獻常見外，亦見於漢以後的傳世文獻中，如《史記・范雎蔡澤列傳》：「今君相秦，計不下席，謀不出廊廟，坐制諸侯，利施三川，以實宜陽，正義施猶展也，言伐得三川之地。」、《舊唐書・列傳四十（朱敬則）》：「自文明草昧，天地屯蒙，……以茲妙算，窮造化之幽深；用此神謀，入天人之秘術。故能計不下席，聽不出闈，蒼生晏然，紫宸易主。大哉偉哉，無得而稱也！」《新唐書・列傳第三十二（陳子昂王無競章）》：「昔堯、舜不下席而化天下，蓋黜陟幽明能折衷者。」，皆是指在上位者對於百姓，並不強加干涉，隨民自化而天下得以大治。

〔註368〕秦樺林：〈楚簡《凡物流形》箚記二則〉，（武漢：武漢大學簡帛網）（http://www.bsm.org.cn/show_article.php?id=944，2099 年 1 月 4 日）。

〔註369〕顧史考：〈上博七〈凡物流形〉下半篇試解〉，復旦大學出土文獻與古文字研究中心（http://www.gwz.fudan.edu.cn/srcshow.asp?src_id=876，2009 年 8 月 24 日）。

〔2〕耑（端）曼（冕）【1】，箸（圖）不與事【2】

在尚未討論字形之前，先說明本句的斷句。目前所見學者討論，有將「箸」上讀，作「端文書」；有將「箸」下讀，作「箸不與事」二種不同的看法。二種說法在文意上皆說得通，其意皆指「垂拱而治」，本文采上讀作：「察道，坐不下席；端曼，箸不與事」，其一是考慮到句式上的對稱；其二則是認爲「聖人」所謂的「垂拱而治」並不是完完全全地不去管理，而是不強加干涉人民的作息而言，因此將「箸」，讀爲「圖」，指「籌劃」而言，將於下文詳細說明。茲列出簡文於下：

> 聞之曰：
>
> 察道，坐不下席；
>
> 端曼（冕），箸（圖）不與事。
>
> 先知四海，至聽千里，達見百里。
>
> 是故聖人處於其所，邦家之危安存亡，賊盜之作，可先知。

由上列簡文可以看到「邦家」一詞，「邦」，諸侯的封國；「家」，大夫的封邑。邦家指國家。《詩經·小雅·我行其野》：「爾不我畜，復我邦家。」陸機《辯亡論下》：「而邦家顛覆，宗廟爲墟。」而「聖人」除指的是「有完美品德的人」之外，亦指「天子」而言，如《禮記·大傳》：「聖人南面而治天下，必自人道始矣。」。所以本段其實是在說明「君主」如果能夠體察道之幽微，那麼只要做出國家政策的大方針讓人民得以順從，其他的則不必處處干涉。以下將針對各字詞繼續討論。

【1】耑（端）曼（冕）

本句主要討論「耑（端）」、「曼（冕）」二字及「端冕」一詞，先行個別討論字形，之後再討論「端冕」的用法及意義。

首先「端」，簡文甲本簡 14 作 ![字形] ，乙本簡 10 作 ![字形] 形。

原考釋曹錦炎以爲「耑」字爲古「端」字。《說文》：「耑，物初生之題也。」段玉裁注：「古發端字作此，今則端行而耑發，乃多用耑爲專矣。」〔註370〕李

〔註370〕馬承源主編：《上海博物館藏戰國楚竹書（七）》，（上海：上海古籍出版社，2008年12月），頁251。

銳〔註371〕、秦樺林〔註372〕亦讀爲「端」。

復旦讀書會以爲「耑」讀爲「揣」。〔註373〕

心怡案：簡文「耑」，應讀爲「端」。「耑」、「端」於古文字中常見通假之例，如《郭店・語叢一》：「喪，息（仁）之耑也。」端作「耑」。又《周禮・考工記・磬氏》：「已下則摩其耑。」《釋文》：「耑本或作端。」端，《左傳》杜預《注》：「禮衣端正無殺，故曰端。」劉熙《釋名・釋衣服》：「玄端，其袖下正直端方，與要（按：腰）接也」「玄端」爲服裝名，名其「端」是因爲服裝樣式爲「其袖下正眞端方」。而在本簡簡文「端」作「端正」義。

其次討論「曼（文）」，簡文甲本簡14作 形，乙本簡10作 形（下文中一律以△字代之）。

原考釋曹錦炎認爲從「旻」，「民」聲，隸作「曼」讀爲「文」。〔註374〕

李銳以爲原釋文釋爲「端文」，當讀爲「端冕」。「文」與「免」古通。〔註375〕

鄔可晶認爲「曼」字楚簡習見，在上博簡中「曼」也主要用來表示「文」，而「冕」在郭店《唐虞之道》簡7中用「免」來表示，在《成之聞之》簡7是用「褪」來表示，就用字習慣上來說「曼」讀爲「冕」是不合理的。〔註376〕

心怡案：原考釋曹錦炎將△字隸定作「曼」，此字在上博簡中出現多次：

〔註371〕李銳：〈《凡物流形》釋文新編（稿）〉，清華大學簡帛研究（http://www.confucius2000.com/qhjb/fwlx1.htm，2008年12月31日）。

〔註372〕秦樺林：〈楚簡《凡物流形》箚記二則〉，武漢大學簡帛網（http://www.bsm.org.cn/show_article.php?id=944，2009年1月4日）。

〔註373〕復旦大學出土文獻與古文字研究中心研究生讀書會：〈《上博（七）凡物流形》重編釋文〉，復旦大學出土文獻與古文字研究中心（http://www.gwz.fudan.edu.cn/SrcShow.asp?Src_ID=581，2008年12月31日）。

〔註374〕馬承源主編：《上海博物館藏戰國楚竹書（七）》，（上海：上海古籍出版社，2008年12月），頁251。

〔註375〕李銳：〈《凡物流形》釋文新編（稿）〉，清華大學簡帛研究（http://www.confucius2000.com/qhjb/fwlx1.htm，2008年12月31日）。

〔註376〕鄔可晶：〈談《上博（七）・凡物流形》甲乙本編聯及相關問題〉，復旦大學出土文獻與古文字研究中心（http://www.gwz.fudan.edu.cn/SrcShow.asp?Src_ID=636，2009年1月7日）。

上博一·孔·28	上博一·性·10	上博一·性·12	上博二·子羔·5	上博四·曹·11
上博五·季·9	上博六·用·18	上博六·用·19	上博六·天·11（上部構形爲母）	

與本簡出現的△字同。此字最早見於仰天湖簡、望山楚簡、包山楚簡等出土文獻，歷來學者在字形上有「廈」、「麈」、「虞」等隸定，皆誤。一直到郭店楚簡材料公佈之後，李天虹最先通過相關文例的彙整，指出應在簡文中讀爲「文」〔註377〕，但未能正確釋出字形；其後李家浩〔註378〕、李學勤〔註379〕、陳劍〔註380〕等學者之研究，已大致解決了字形問題。金俊秀學長對於楚簡中的△字有專文全面討論，其主張△字上半部從李學勤從民聲或民省聲之說，下半則從陳劍之說，考慮其本形的話，即贊成將之視爲「旻」字的看法〔註381〕。

　　△字應隸定爲旻讀爲文。旻、文、免三字，於古音上的關係是相近的，如下所示：

	上古聲紐	上古韻部
旻	明紐	眞部
文	明紐	諄紐
免	明紐	諄紐

由上表可知，旻、文、免三字聲同韻近，此外李銳參考參張儒、劉毓慶《漢

〔註377〕李天虹：〈釋楚簡文中「廈」〉《郭店竹簡〈性自命出〉研究》，（武漢：湖北教育出版社，2003 年 1 月），頁 14～22。原載於《華學》第四輯（北京：紫禁城出版社，2000 年 8 月），頁 85～88。

〔註378〕李家浩：〈包山楚簡中的「枳」字·補正〉《著名中年語言學家自選集·李家浩卷》，（合肥：安徽教育出版社，2002 年 12 月），頁 294。

〔註379〕李學勤：〈試解郭店簡讀「文」之字〉《中國古代文明研究》，（上海：華東師範大學出版社，2005 年 4 月）頁 229。原載於《孔子·儒學研究文叢（一）》，（齊魯書社，2001 年初版）。

〔註380〕陳劍：〈甲骨金文舊釋「尤」之字及相關諸字新釋〉《北京大學中國古文獻研究中心集刊》第四輯，（北京：北京大學出版社，2004 年 10 月），頁 88～89。

〔註381〕金俊秀：《《上海博物館藏戰國楚竹書（四）》疑難字研究》，國立臺灣師範大學國文研究所碩士論文，2007 年 6 月，頁 136～145。

字通用聲素研究》「文」、「免」通假之說，故△字應讀爲「冕」。張儒、劉毓慶提到《詩經·邶風·新臺》:「河水浼浼」段玉裁注《說文》:「瀰」字曰:「《邶風》之『浼浼』即『瀰瀰』之假借。」〔註382〕。金俊秀學長認爲「閔」與△應爲一個詞的不同寫法:

「覓」在簡文用作「文」，當屬假借;或加「彡」旁，以凸顯「彣飾」之義，則假借分化，但尚未完全取代前者，簡中二形並用。《汗簡》、《古文四聲韻》「閔」字條下收「影」形，雖有根據（至少同音），但不完全正確，照理來說，應當收「覓」形。

有了此一認識，再回頭看「覓」的各種後世寫法，都不難看出其演變脈絡:

1）何琳儀認爲△字即「瞀」字。由結構看，「覓」、「瞀」當可視一字。雖然其實際用例未見文獻，但《字彙·目部》云:「瞀，悶也。」悶、閔，聲同義近。

2）梁立勇認爲△字即「瞽」字。「瞽」當爲「瞀」之譌，二字字義相同，如:《莊子·外物》:「心若縣於天地之間，尉瞀沈屯。」陸德明釋文:「慰，鬱也。瞀，悶也。」「瞽」所從之「日」當爲「目」之譌，古文字中「目」和「日」經常譌混。前文已述，「瀰」字在古書中有很多異寫，其中不少字形從「昬」得聲，如:「惛」、「婚」、「瘖」、「潣」。

3）《汗簡》「閔」字條下所收四形（心怡案:見下表【傳抄古文材料中的「閔」字】字形表），其中2形可隸定作「影」（若考慮到本形，應隸作「影」）;3形黃錫全認爲「惛」，可從;4形窄式隸定可作「愍」，其結構基本上與3形相同;《說文》「閔」字古文作「愍」形，從「田」可能是後世傳抄翻刻所造成的譌誤。〔註383〕

〔註382〕張儒、劉毓慶:《漢字通用聲素研究》,（山西:山西古籍出版社，2007年4月）頁932頁。

〔註383〕金俊秀:《上海博物館藏戰國楚竹書（四）疑難字研究》,國立臺灣師範大學國文研究所碩士論文，2007年6月，頁145。

【傳抄古文字中的「閔」字】〔註384〕

	1 義雲章	2 石經	3 古史記	4 古史記	5 說文
汗簡					
古文四聲韻					
隸續					

據金俊秀學長所說可知△字與「閔」為一個字的不同寫法。「潤」從「閔」得聲，古音為明紐諄部，「浼」亦為明紐諄部，音韻畢同，故可通假。因此簡文曼，可讀為「冕」。

「端冕」又可稱「玄冕」是指「祭服」，如，《史記・樂書》：「吾端冕而聽古樂，謂玄冕。凡冕服，其制正幅袂二尺二寸，故稱端也。著玄冕衣與玄端同色，故曰端冕聽古樂也。此當是廟中聽樂。玄冕，祭服也。則唯恐臥，聽鄭衛之音則不知倦。」顧史考以為「端冕」為君主祭祀時的服裝，祭祀正其所以明德而示民以孝敬，誠能如則無需親理事物而天下已治矣。〔註385〕周錫保《中國古代服飾史》：「委貌冠，同古皮弁制。長七寸，高四寸，上小下大形如覆杯，用皂色繒絹為之。聶氏《三禮圖》所繪委貌冠如皮弁者，有纓結於頷下，恐本於此，戴此冠時，則玄端素裳。此行大射禮於辟廱，公卿諸侯、大夫行禮者服之。」〔註386〕可知「端冕」亦可是會見公卿諸侯、大夫的正式服裝。

【2】箸（圖）不與事

本句主要討論二個問題，第一為「箸（圖）」字之釋讀，第二則是討論「不與事」之解釋。以下先討論「箸（圖）」字：

箸，簡文甲本簡16作，乙本簡11作形。

〔註384〕金俊秀：《上海博物館藏戰國楚竹書（四）疑難字研究》，國立臺灣師範大學國文研究所碩士論文，2007年6月，頁138～139。

〔註385〕顧史考：〈上博七〈凡物流形〉下半篇試解〉，復旦大學出土文獻與古文字研究中心（http://www.gwz.fudan.edu.cn/srcshow.asp?src_id=876，2009年8月24日）。

〔註386〕周錫保：《中國古代服飾史》，（臺北：南天出版社，1989年9月）。

原考釋者曹錦炎隸定作「箸」，讀爲書。〔註387〕復旦大學讀書會從之。〔註388〕

顧史考隸定爲「箸」，讀爲「圖」：

簡文中「箸」字，雖然在楚文中多讀爲「書」，而「圖」一般寫作「𢜳」，然「箸」與「𢜳」聲符相同，今讀「箸」爲「圖」該不成問題。此「圖」蓋即《國策》中「謀」字之意，那麼「坐不下席」、「圖不與事」，亦即「計不下席，謀不出廊廟」之謂。〔註389〕

曹峰以爲「箸」該釋爲「佇」：

雖然在楚簡中大部分「箸」可以讀爲「書」，但在《凡物流形》中，讀爲「書」顯然無法和前後文照應，讀爲「圖」，如前所言，仍有人爲影子，也不合適，況且楚簡中「圖」字多從「者」從「心」，《凡物流形》中也有此字，在簡17中，「得一[而]圖之，如併天下而亂（捆）之；得一而思之，若併天下而治之。一以爲天地稽。」

該如何理解這個「箸」字呢，該字從「者」，「箸」可以讀爲「著」，「著」亦通「寧」，因此，「箸」可能是「佇」的假借字。《詩經·燕燕》有「燕燕于飛，頡之頏之。之子于歸，遠於將之。瞻望弗及，佇立以泣。」《楚辭·離騷》有「結幽蘭以延佇」，《楚辭·王逸·九思·疾世》有「佇立兮忉怛」。意爲久立不動，「端冕」者常常固定不動，因此和「佇」字相合是可以理解的。同時，此處的「佇」和前面的「坐」相應，指的都是身體的姿態。這樣就和《淮南子·詮言》的「身無與事」也能對應起來。

如果將這段話的前後文斷爲「聞之曰：察道，坐，不下席；端

〔註387〕馬承源主編：《上海博物館藏戰國楚竹書（七）》，（上海：上海古籍出版社，2008年12月），頁253。

〔註388〕復旦大學出土文獻與古文字研究中心研究生讀書會：〈《上博（七）凡物流形》重編釋文〉，復旦大學出土文獻與古文字研究中心（http://www.gwz.fudan.edu.cn/SrcShow.asp?Src_ID=581，2008年12月31日）。

〔註389〕顧史考：〈上博七〈凡物流形〉下半篇試解〉，復旦大學出土文獻與古文字研究中心（http://www.gwz.fudan.edu.cn/srcshow.asp?src_id=876，2009年8月24日）。

晃，佇，不與事」，可能更爲明白易懂。〔註390〕

心怡案：楚系文字「圖」作（郭·緇·23/）、（上博一·緇·12）從「者」得聲。在古音中，「箸」端紐魚部，「圖」定紐魚部，同一發音部位，韻母相同，聲近韻同，故可通假。

當釋爲「圖」。其理由爲：一、簡文此字雖在楚簡中讀爲「書」爲多，但是「書不與事」一詞不好解。二、佇，指站立之意，雖可與上句「察道，坐不下席」的「坐」相應，但是於文意上亦不合，故不用。三、「圖」有策劃、考慮之意，《史記·刺客傳·曹沫傳》：「今魯城壞，即壓齊境，君其圖之！」

其次討論「與」的釋讀及「不與事」一詞。與，簡文甲本簡16，乙本簡11作形。

原考釋者曹錦炎以爲「與」爲「參與」之意。「事」，實踐，從事。「不與事之」即不參與具體的實踐行動。〔註391〕

凡國棟以爲「與」當讀爲「預」，作預先、事先之意：

> 《史記·屈原賈生列傳》：「天不可與慮兮，道不可與謀。」司馬貞《索隱》：「與，音預也。」「書不與事」下句爲「之〈先〉知四海，至聽千里，達見百里。是故聖人屎〈處〉於其所，邦家之▣（危）佻（安）鷹（存）忘（亡），惻（賊）慼（盜）之叏（作），可之〈先〉知。」合而觀之，句意大致與今人常說的「秀才不出門，能知天下事」意近。因爲書雖不預言某事，但是書中的道理能使人先知四海，至聽千里、達觀百里，故聖人雖處其家，但是能預知邦家之安危，盜賊之興作。〔註392〕

顧史考以爲應釋爲「不舉事」：

〔註390〕曹峰：〈《凡物流形》中的箸不與事〉，清華大學簡帛研究（http://jianbo.sdu.edu.cn/admin3/2009/caofeng003.htm，2009年5月19日）。

〔註391〕馬承源主編：《上海博物館藏戰國楚竹書（七）》，（上海：上海古籍出版社，2008年12月），頁254。

〔註392〕凡國棟：〈上博七《凡物流形》箚記一則〉，武漢大學簡帛網（http://www.bsm.org.cn/show_article.php?id=948，2009年1月4日）。

「與事」一詞先秦罕見，則或該讀為「不舉事」為宜。《管子‧形勢解》：「明主之舉事也，任聖人之慮，用眾人之力，而不自與焉」，此以親「與焉」解「舉事之禍」，似亦可以為本句作注。」〔註393〕

心怡案：簡文甲本簡16 ，乙本簡11 二字，亦見於《郭店‧語叢三》簡17作 形、（郭‧唐‧22）。「與」，有「干涉、干預」之意。《國語‧魯語》：「日中考政，與百官之政事。」

「圖不與事」其意應同於《荀子‧王霸》：「之主者，守至約而詳，事至佚而功，垂衣裳，不下簟席之上，而海內之人莫不願得以為帝王。夫是之謂至約，樂莫大焉。」「垂衣裳」就是「垂拱而治」。

〔3〕之（先）知四海，至聽千里，達見百里。

本句主要討論「之（先）知四海」一句，將先討論「之（先）」的訛誤問題，其次討論「先知四海」之句意，討論如下：

先，簡文甲本簡16作 形，乙本簡11作 形。

原考釋者曹錦炎據甲本釋為「之」。〔註394〕

復旦讀書會認為甲本兩「之」字都是「先」字的訛誤。〔註395〕李松儒〔註396〕、顧史考〔註397〕、凡國棟〔註398〕從之。

〔註393〕顧史考：〈上博七〈凡物流形〉下半篇試解〉，復旦大學出土文獻與古文字研究中心（http://www.gwz.fudan.edu.cn/srcshow.asp?src_id=876，2009年8月24日）。

〔註394〕馬承源主編：《上海博物館藏戰國楚竹書（七）》，（上海：上海古籍出版社，2008年12月），頁254。

〔註395〕復旦大學出土文獻與古文字研究中心研究生讀書會：〈《上博（七）凡物流形》重編釋文〉，復旦大學出土文獻與古文字研究中心（http://www.gwz.fudan.edu.cn/SrcShow.asp?Src_ID=581，2008年12月31日）。

〔註396〕李松儒：〈《〈凡物流形〉甲乙本字跡研究》〉，武漢大學簡帛網（http://www.bsm.org.cn/show_article.php?id=1066，2009年6月5日）。

〔註397〕顧史考：〈上博七〈凡物流形〉下半篇試解〉，復旦大學出土文獻與古文字研究中心（http://www.gwz.fudan.edu.cn/srcshow.asp?src_id=876，2009年8月24日）。

〔註398〕凡國棟：〈上博七《凡物流形》箚記一則〉，武漢大學簡帛網（http://www.bsm.org.cn/show_article.php?id=948，2009年1月4日）。

宋華強認爲應讀爲「周」：

把「之知四海」改爲「先知四海」從文義上看其實是有問題的。
這段簡文是從兩個不同角度描述聖人能夠端居垂拱而知天下事，
「四海」、「千里」、「百里」是從地域大小的角度而言，「邦家之危
安存亡」、「賊盜之作」是從事件發生的角度而言；前者説的是空間
範疇，是橫向的；後者説的是時間範疇，是縱向的。「先知」就是
「預知」，「邦家之危安存亡」、「賊盜之作」可以被「先知」，「四海」
如何能夠被「先知」呢？「至聽」之「至」和「達見」之「達」描
述的都是空間程度，和其後所接的「千里」「百里」性質符合。如
果「之知」改爲「先知」，「先」描述的是時間早晚，既和「四海」
性質不合，也和「至」、「達」不類。

我們懷疑「之知四海」，「之」當讀爲「周」。中古音「之」、「周」
聲紐和等呼都相同（章母開口三等），上古音「之」屬章母之部，
「周」章母幽部，聲母同紐，韻部旁轉。上古音之、幽二部的密
切關係，不但有同源詞方面的證據，也有很多押韻、諧聲等方面
的證據。所以李方桂先生説幽部「跟之部的距離最近」，爲兩部構
擬了同一個主母音。史存直先生甚至説：「就古音之幽兩部之間有
大量合韻來看，我們不妨推測在古代方言中，有的方言根本之幽
不分或基本不分。」所以「之」讀爲「周」雖然沒有直接通假例
證的支持，從音理上看卻是完全有可能的。古書中常見「周知」，
如：

《周禮・天官・司會》「以周知四國之治」

同上《地官・大司徒》「周知九州之地域廣輪之數」

同上《地官・遂師》「周知其數而任之」

同上《夏官・司險》「以周知其山林川澤之阻」

同上《夏官・司士》「周知邦國都家縣鄙之數、卿大夫士庶子之
數」

同上《夏官・職方氏》「周知其利害」

同上《秋官・小行人》「及其萬民之利害爲一書，其禮俗政事教治刑禁之逆順爲一書，其悖逆暴亂作慝猶犯令者爲一書，其札喪凶荒厄貧爲一書，其康樂和親安平爲一書。凡此五物者，每國辨異之，以反命于王，以周知天下之故。」

《司會》所「周知」之「四國之治」，相當於簡文所説的「邦家之危安存亡」；《小行人》所言「周知」之「故」包括「悖逆暴亂作慝猶犯令者」，即簡文所説的「賊盜之作」。古書也有「周知四海」之語，如宋趙汝愚編《宋名臣奏議》卷十八彭汝礪《上神宗論近歲用言好同惡異》「欲以周知四海之遠」；宋蔡戡《定齋集・廣聖學》「雖深居九重而周知四海」；宋謝逸《溪堂集》卷七《送江信民序》「不出戶庭而周知四海九州之務」，等等。可見把簡文「之知四海」讀爲"周知四海"是合適的。古書中「周」常訓「至」，讀「之知」爲「周知」，正和下文「至聽」、「達見」形成排比。

李松儒先生認爲：「《凡物流形》是先由甲本根據一個底本進行抄寫，乙本是在甲本基礎上進行校改與謄抄。不過，乙本和甲本同時抄寫同一底本的可能也不能排除。」按照前一種猜想，可能是因爲「之知四海」和「可之知」都有「之知」，乙本抄手受「可之知」之「之」是「先」之誤字的影響，以爲「之知四海」之「之」也是「先」之訛字，所以一併改之。按照後一種猜想，如果甲乙本所據底本「之」、「先」無誤，就是甲乙本抄手因爲受辭例相類的誤導而各抄錯了一字。〔註399〕

心怡案：「周知四海」，於文意上可以説得通，但是目前未見「之」、「周」通假之例，因此本文對此説法持保留態度。李松儒將簡文甲本簡16 [字]字，據乙本對照後而改爲「先」字。同樣的例子見於甲本簡26的 [字]乙本簡19作 [字]，故本文贊成李松儒看法將甲本簡 16、26 的「之」字，改爲「先」字。「先知四海」即「由事情細微之處的徵兆而知天下可能發生的事情。」意即聖人的智慧知覺比一般人敏銳，可以由細微處觀察出徵兆而得知將會有事情發生。

〔註399〕宋華強：《〈凡物流形〉「之知四海」新説》，武漢大學簡帛網（http://www.bsm.org.cn/show_article.php?id=1107，2009 年 6 月 30 日）。

同於《列子・說符》：「聖人見出以知入，觀往以知來，此其所以先知之理也。」

「先知」、「至聽」、「達見」是一層遞手法，皆指聖人只要能體察「道」之幽微，則可「先知天下之勢，極聽千里，遍見百里」。

〔4〕是故聖人尻（處）於其所，邦豪（家）之磋（危）佷（安）存亡，惻（賊）慾（盜）之复（作），可先知。

【1】磋（危）

危，簡文甲本簡26作 形，乙本簡殘。

原考釋者曹錦炎將此字隸定為「垕」，以為是「厚」字古文，「厚」，有忠厚之意。〔註400〕

心怡案：此字已於第一節討論過，隸定為「磋」，讀為「差」。「差安」在傳世文獻上可見，意思為「尚且安定」，如《三國志・魏書・烏丸鮮卑東夷傳》：「田豫有馬城之圍，畢軌有陘北之敗。青龍中，帝乃聽王雄，遣劍客刺之。然後種落離散，互相侵伐，彊者遠遁，弱者請服。由是邊陲差安，〔漢〕南少事，雖時頗鈔盜，不能復相扇動矣。」可參。

雖傳世文獻上有「差安」一詞，但是於簡文文意上似乎不合，在這裡若為釋為「危」，則於文意上較為適當。「危安」一詞，《晏子春秋》：「攻義者不祥，危安者必困」，但很明顯的此處的「危」應作動詞使用，與上句「攻義者」的「攻」字對文。因此簡文「危安」用法，目前文獻未見，僅見「安危」一詞。但不論是「危安」還是「安危」所指皆是某地之安全或是危險，如《尚書・畢命》：「邦之安危，惟茲殷土，不剛不柔，厥德允修。」即是指國家的安危。

【2】佷（安）

簡文作甲本簡26作 、乙本簡19作 。

原考釋曹錦炎隸作「俿」，同「虎」。〔註401〕

〔註400〕馬承源主編：《上海博物館藏戰國楚竹書（七）》，（上海：上海古籍出版社，2008年12月），頁267。

〔註401〕馬承源主編：《上海博物館藏戰國楚竹書（七）》，（上海：上海古籍出版社，2008年12月），頁267。

復旦大學將簡文 字應從人從女，隸定作「**佞**」，釋爲「安」。

　　心怡案：簡文甲本作 、乙本作 的二個字，其實就是「安」字無誤。楚系從「安」字作：

1.郭店·老甲·22	2.郭店·老甲·25	3.郭站·緇衣·8	4.郭店·緇衣·15	5.郭店，緇衣，41	6.郭店·魯·4
7.郭店·五行·8	8.郭店·尊·29	9.上博二·從甲·2	10.上博二·民·3	11.上博二·容·41	12.包山·91

由上表可知，簡文右半部的字形與字例 10 相同，雖然簡文的人字旁是在左半部，但這個現象可能是因爲「方位移動」而造成的。所謂方位移動，係指文字構成部件的方向或位置發生移動的現象。其型態大概有左右互換、上下互換、內外互換、上下式與左右式互換等四種。〔註 402〕簡文此字應該就是「上下式與左右式的互換」。

【3】鳶（存）

　　鳶（存），簡文甲本簡 26 作 形，乙本簡 19 作 形（下以△表示）。

　　原考釋曹錦炎將△隸作「鳶」，與「存」通。《郭店·語叢四》「存」作「鳶」。從「鳶」得聲的「薦」與從「存」得聲的「蕁」字古相通，如《詩·大雅·雲漢》「飢饉薦臻」，《春秋繁露·郊祀》引「薦」作「蕁」，所以「鳶」、「存」亦可通。「存」，指「存在」。〔註 403〕

　　復旦大學亦同意讀作「存亡」，然「危安存亡」之語尙缺少主語或領格。〔註 404〕

〔註 402〕林師清源：《楚國文字構形演變研究》，東海大學中國文學系博士論文，1997 年 12月，頁 138。

〔註 403〕馬承源主編：《上海博物館藏戰國楚竹書（七）》，（上海：上海古籍出版社，2008年 12 月），頁 267。

〔註 404〕復旦大學出土文獻與古文字研究中心研究生讀書會：〈《上博（七）凡物流形》重編釋文〉，復旦大學出土文獻與古文字研究中心（http://www.gwz.fudan.edu.cn/SrcShow.asp?Src_ID=581，2008 年 12 月 31 日）。

　　郭永秉亦認爲原考釋曹錦炎將△釋作「鳶」，讀爲「存」是正確的，並指出甲、乙二本的△字寫法基本相同，唯其細微區別在於乙本之字表現「鳶」頭的兩橫筆（尤其是下一筆）寫得較平緩，與郭店《老子》之字相類。〔註405〕

　　心怡案：原考釋者曹錦炎隸作「鳶」讀爲「存」可從。在出土文獻中確實有許多「鳶」讀作「存」的例子：

1、是古（故）亡虘（乎）其身而鳶（存）啻（乎）其訇（辭），唯（雖）厚其命，民弗從之悇（矣）。（《郭店・成之聞之》）

2、者（諸）侯之門，義士之所鳶（存）。（《郭店・語叢四》）

3、☐競必勅（勝），可吕（以）又（有）悤（治）邦，周等（志）是鳶（存）。（《上博四・曹沫之陣》）

4、三弋（代）之戟（陳）皆鳶（存），或以克，或以亡。（《上博四・曹沫之陣》）。

　　由上列例子可知「鳶」、「存」在出土文獻中常通假。而簡文△字，在此從原考釋曹錦炎隸作「鳶」讀爲「存」。

【4】惻（賊）愮（盜）

　　本詞的二個字都要討論，先討論「惻（賊）」，其次討論「愮（盜）」，討論如下：

　　惻，簡文甲本簡 26 作「⬚」形，乙本簡 19 作⬚，字形殘泐，但是與甲本對勘，可知是同一字。

　　原考釋曹錦炎隸作「惻」讀爲「賊」。郭店楚簡本「盜賊」作「覜惻」；《上博二・容成氏》「不型（刑）殺而無覜（盜）惻（賊）」，「盜賊」亦寫作「覜惻」。盜，簡文作「⬚」，原考釋曹錦炎隸作「愮」，從「佻」聲，「佻」、「覜」均從「兆」聲，「兆」、「盜」古音皆屬定母宵部，兩字爲雙聲疊韻關係，故可相通。〔註406〕

〔註405〕郭永秉：〈由《凡物流形》「鳶」字寫法推測與郭店《老子》甲組與「朘」相當之字應爲「鳶」字變體〉，復旦大學出土文獻與古文字研究中心（http://www.gwz.fudan.edu.cn/SrcShow.asp?Src_ID=583，2008 年 12 月 31 日）。

〔註406〕馬承源主編：《上海博物館藏戰國楚竹書（七）》，（上海：上海古籍出版社，2008 年 12 月），頁 267。

李銳從原釋文作「賊盜」，但又提出可能讀爲「徵兆」。〔註407〕

心怡案：首先討論簡文「惻」字，「惻」讀爲「賊」可從。「惻」，清紐職部；「徵」，端紐蒸部，發音部位不同，前者爲齒音，後者爲舌音；韻部亦不同，故讀爲「徵」似乎是行不通的。「惻」、「賊」古音皆爲清紐職部，音韻畢同，故可通假。

其次討論「」字，原考釋者隸定爲「愻」，讀爲「盜」可從。《郭店·老子》甲篇簡1「盜」字作形、簡31作形，《上博二·容成氏》簡6作形，皆是從「兆」聲。誠如原考釋曹錦炎所說「盜」、「兆」古音皆屬定母宵部，聲韻畢同，故可通假。

【5】之

此字甲本簡26作、乙本簡19作。

原考釋曹錦炎據乙本認爲是「先」字之誤，「可先智」讀爲「何先知」。〔註408〕

心怡案：原考釋者曹錦炎據乙本而認爲是「先」字之訛，可從。「何先知」，應釋爲「可先知」。「是故聖人處於其所，邦家之危安存亡，賊盜之作，可先知。」爲「結論」句，若釋爲「何先知」則有疑問語氣存在，則於文意上不符。

〔5〕心不勝（勝）心，大亂乃作

【1】心不勝（勝）心

此句主要探討「心不勝（勝）心」之意。諸家學者討論如下：

原考釋曹錦炎認爲「心」是思想、意念、感情的統稱；「勝」，讀爲「勝」，戰勝之意，引申爲克服、制服。如《孫子·謀攻》：「將不勝其忿而蟻附之，殺士三分之一，而城不拔者，此攻之災也。」〔註409〕

〔註407〕李銳：《〈凡物流形〉釋文新編（稿）》，清華大學簡帛研究（http://www.confucius2000.com/qhjb/fwlx1.htm，2008年12月31日）。

〔註408〕馬承源主編：《上海博物館藏戰國楚竹書（七）》，（上海：上海古籍出版社，2008年12月），頁267。

〔註409〕馬承源主編：《上海博物館藏戰國楚竹書（七）》，（上海：上海古籍出版社，2008

李銳以爲簡文「心不勝心」可參《管子・內業》：「心以藏心，心之中又有心焉。」〔註410〕

曹峰同意李銳說法，由《管子・內業》說明人有二顆心，一爲官能之心，一爲道德之心：

> 關於「心以藏心」，《內業》的前後文如下所示：

> 我心治，官乃治。我心安，官乃安。治之者心也，安之者心也；心以藏心，心之中又有心焉。彼心之心，意以先言，意然後形，形然後言，言然後使，使然後治。不治必亂，亂乃死。

> 《內業》認爲，人心在各種器官中居主導地位。但人有兩顆心，一顆是生理之心、官能之心，一顆是道德之心、本體之心，道德心要比生理心更爲根本，道德之心作用在於思，在於知，在於蓄養精氣，在於使之成爲讓「道」留處的精舍。所以，養生在於養心，官（身體器官）治在於心治，國治也在於心治。不然則「必亂，亂乃死」，這裡也可以和《凡物流形》的「大亂乃作」對照起來。《內業》中還有類似的論述，如：

> 形不正，德不來。中不靜，心不治。正形攝德，天仁地義，則淫然而自至。神明之極，照乎知萬物，中義守不忒。不以物亂官，不以官亂心，是謂中得。有神自在身，一往一來，莫之能思，失之必亂，得之必治。〔註411〕

心怡案：曹峰的說法可從。從《管子・內業》指出人有「義理心」及「官能心」，在本句「心不勝心」第一個心字指的是「道德之心」，《管子》：「天之得道者在日，人之得道者在心。」而且這「心」應該是要處在一種和諧穩定的狀態下，故《管子・內業》曰：「彼心之情，利安以寧，勿煩勿亂，和乃自成。」並且「心」是可以使身體各官能發揮其作用的，所以在《管子・心術

年12月），頁267。

〔註410〕李銳：〈《凡物流形》釋文新編（稿）〉，清華大學簡帛研究（http://www.confucius2000.com/qhjb/fwlx1.htm，2008年12月31日）。

〔註411〕曹峰：〈《凡物流形》的「少徹」和「少成」——「心不勝心」章疏證〉，清華大學簡帛研究（http://www.confucius2000.com/admin/list.asp?id=3891，2009年1月10日）。

上》又說：「心之在體，君之位也。九竅之有職，官之分也。耳目者，視聽之官也，心而無與於視聽之事；則官得守其分矣。夫心有欲者，物過而目不見，聲至而耳不聞也。故曰：『上離其道，下失其事。』故曰：心術者，無爲而制竅者也。」說明了「心」是可能被干擾的，但唯有將「心」處於自身清明、專一之中，九竅才能因此發揮其本然，否則就有視之如不見，聽之如不聞的狀態。〔註412〕而在孟子的思想中，人的道德良知存乎四心，如《孟子‧公孫丑上》：「惻隱之心，仁之端也；羞惡之心，義之端也；辭讓之心，禮之端也；是非之心，智之端也。人之有是四端也，猶其有四體也。」此四心則是人類與生俱來的道德良知。

「心不勝心」第二個字「心」字，指「官能之心」。而「官能之心」則是一原始慾望。誠如上文所引《管子‧心術上》所言，人的心不僅僅只是道德之心而已，亦有官能之心；若心能依循正道而行，不去干擾耳目等九竅的視聽各個功能，則九竅則能各司其職，正常的運作；反之，若心悖離了道，心中就會充滿不良的嗜欲與雜念，而沉溺於欲望之中，遮蔽了原本清靜明正的心。

【2】大亂乃作

「大」，甲本簡 26 作、乙本簡 19 作。

原考釋曹錦炎釋作「大」，沒有說明。〔註413〕

孫飛燕認爲該字與甲本簡 10、簡 29 的「大」，乙本簡 8、22 的「大」寫法並不相同，當爲「六」字。〔註414〕

李銳據乙本簡 19 對應之字有殘泐，似稍近「大」字。天星觀卜辭等「大」字或可供參考，今且讀爲「大」。〔註415〕

心怡案：茲將〈凡物流形〉甲、乙二本所出現的「大」的字形及文例列

〔註412〕郭梨華：〈道家思想展開中的關鍵環節——《管子》「心——氣」哲學探究〉《文史哲》，2008 年第 5 期（總第 308 期），頁 61～71。

〔註413〕馬承源主編：《上海博物館藏戰國楚竹書（七）》，（上海：上海古籍出版社，2008年 12 月），頁 267。

〔註414〕孫飛燕：〈讀《凡物流形》箚記〉，清斜大學簡帛研究（http://www.confucius2000.com/admin/list.asp?id=3862，2009 年 1 月 1 日）。

〔註415〕李銳：〈《凡物流形》釋文新編（稿）〉，清華大學簡帛研究（http://www.confucius2000.com/qhjb/fwlx1.htm，2008 年 12 月 31 日）。

於下表：

	字形	出處	隸定	字形	出處	文　例
1		甲·10	大		乙·8	日之始出何故大而不炎。
2		甲·26	六		乙·19	大亂乃作。
3		甲·29	大		乙·22	大之以知天下，小之以治邦。

由上表可以看出，字例 2 字形與字例 1、3 確實是寫法上有不同，字形上也確實與「六」字相似；但是在《新蔡楚簡》簡 236、186 有個「大」字作形，與簡文乙本簡 19 的字形相類，可以參照。此外，「六亂」一詞傳世文獻未見，具體所指爲何無從得知。而「大亂」則於傳世文獻中習見，故甲本簡 26 及乙本簡 19 之「六」可能是「大」字之訛。

「心不勝心，大亂乃作」意思爲「若義理之心無法超越官能物慾之心，那麼災禍就要產生了。」意同於：《史記·樂書》：「夫物之感人無窮，而人之好惡無節，則是物至而人化物也。人化物也者，滅天理而窮人欲者也。於是有悖逆詐僞之心，有淫佚作亂之事。是故彊者脅弱，眾者暴寡，知者詐愚，勇者苦怯，疾病不養，老幼孤寡不得其所，此大亂之道也」。此「大亂」即是因爲無法克制原始慾望的心而產生的災禍。

〔6〕心女（如）能勆（勝）心，是謂小徹。

本句主要討論「小徹」一詞的意涵。但對於「」、「」學者持有不同意見，在此一拼討論。首先先就字形進行討論，其次再對於「小徹」詞義進行探討。

小，簡文甲本簡 18 作「」，乙本簡殘。

原考釋曹錦炎以爲「少」，同「小」。古文字「少」、「小」爲一字。〔註416〕

曹峰認爲「少」字不必讀爲「小」，將字亦隸作「敘」，所謂「少徹」，

〔註416〕馬承源主編：《上海博物館藏戰國楚竹書（七）》，（上海：上海古籍出版社，2008年12月），頁257。

意爲有所澄徹，它是「心能勝心」的結果，即只有通過「心能勝心」的修養工夫，心才能有所澄徹通明，心能夠澄徹通明，就能以「白心」去展開認識和把握外物的活動。〔註417〕

心怡案：「少」、「小」戰國文字形近易混，於楚系文字中更因形音俱近而有少、小互作之例，如「削」字有從「少」及「小」者，如：（曾61）、（曾3）或「小人」作「少人」之例，如（包‧2‧140）、（包‧2‧120）。

其次討論「徹」字。「徹」，簡文甲本簡18作「」，乙本簡殘。

原考釋者隸作「敆」，讀爲「徹」。《說文》：「徹，通也。」引申爲通達、通曉，但對於「小徹」沒有說明。〔註418〕

心怡案：，應隸定爲「敆」，讀爲「徹」，意思爲貫通、徹達。曹峰之說可從。「心如能勝心，是謂小徹」一句，「心如能勝心」是「小徹」的先決條件，「心不勝心」已於上文討論，第一個心是指「義理心」，第二個心則是指「官能慾望的心」，所以「心如能勝心，是謂小徹」的意思就是「義理心若是能超越官能慾望的心，就是叫做小徹」。「小徹」，傳世文獻未見，應該就是指「心」處在一種澄清通達的一個狀態。所以下文緊接著便問「奚謂小徹？人白爲察」。

〔7〕紒（奚）謂小徹？人白爲戠（察）【1】，紒（奚）以知其白？終身自若【2】。

【1】人白為戠（察）

白，簡文甲本簡18作形，乙本簡殘。

原考釋曹錦炎釋爲「白」，意爲清楚明白。如《荀子‧王霸》：「三者明主之

〔註417〕曹峰：〈《凡物流形》的「少徹」和「少成」──「心不勝心」章疏證〉，清華大學簡帛研究（http://www.confucius2000.com/admin/list.asp?id=3891，2009年1月10日）。

〔註418〕馬承源主編：《上海博物館藏戰國楚竹書（七）》，（上海：上海古籍出版社，2008年12月），頁257。

所謹擇也，仁人之所務白也。」楊倞注：「白，明白也。」〔註419〕

復旦讀書會隸作「白」，讀爲「泊」，沒有說明。〔註420〕

曹峰認爲「人白」應該就是通過「潔官」、「虛欲」以潔白其心，屬於一種養心之術：

> 關於「人白爲識」，已有網友指出，可與《上博（三）・彭祖》的「心白身澤」相對照。「人白」應該就是人通過「潔官」、「虛欲」以潔白其心，屬於一種養心之術。「人白」是因，「爲識」是果，即在白心之後，纔能展開考察外物的活動。《莊子・人間世》的「虛室生白」，《莊子・天下》的「不累於俗，不飾於物，不苟於人，不忮於眾，願天下之安寧以活民命，人我之養畢足而止，以此白心，古之道術有在於是者。宋鈃尹文聞其風而悅之。」《管子》的《白心》篇，可能都與「人白爲識」有思想上的聯繫，但《莊子・天下》所見「白心」和《管子・白心》論述的問題顯然更複雜。《莊子・應帝王》說「至人之用心若鏡，不將不迎，應而不藏，故能勝物而不傷。」「無名人曰，汝遊心於淡，合氣於漠，順物自然，而無容私焉，而天下治矣。」其中的「用心若鏡」、「遊心於淡」、「應而不藏」、「無容私」和「人白」也可以相互發明。〔註421〕

心怡案：「人白爲戠（察）」即是「人白即戠（察）」。「白」指「明曉通達」〔註422〕如《老子・第二十八章》：「知其雄，守其雌，爲天下谿。爲天下谿，常德不離，復歸於嬰兒。知其白，守其黑，爲天下式。爲天下式，常德不忒，復歸於無極。知其榮，守其辱，爲天下谷。爲天下谷，常德乃足，復歸於樸。

〔註419〕馬承源主編：《上海博物館藏戰國楚竹書（七）》，（上海：上海古籍出版社，2008年12月），頁257。

〔註420〕復旦大學出土文獻與古文字研究中心研究生讀書會：〈《上博（七）凡物流形》重編釋文〉，復旦大學出土文獻與古文字研究中心（http://www.gwz.fudan.edu.cn/SrcShow.asp?Src_ID=581，2008年12月31日）。

〔註421〕曹峰：〈《凡物流形》的「少徹」和「少成」——「心不勝心」章疏證〉，清華大學簡帛研究（http://www.confucius2000.com/admin/list.asp?id=3891，2009年1月10日）。

〔註422〕余師培林：《新譯老子讀本》，（臺北：三民書局，1993年1月），頁55。

樸散則爲器，聖人用之則爲官長。故大制不割。」與《上博三·彭祖》「心白身釋」意思爲「心要放空淡泊（不要有太多的欲望），身體要放鬆（順應自然的生命形態去生活）。」〔註423〕是相似的。而「人白爲察」應該與「小徹」是相同意義的，即是指「義理心若是能超越官能慾望的心而處在一種澄清通達的一個狀態」。

【2】終身自若

原考釋者曹錦炎將「終生」解爲「一生」；「自若」，指神態鎮定自然。〔註424〕

曹峰認爲「自若」即不受拘束，自然而然，是道家追求的工夫或境異，與「自如」、「自然」、「無私」、「虛靜」相通。例如：《鶡冠子·泰鴻》：「毋易天生，毋散天樸，自若則清，動之則濁。」又《上博三·恆先》：「恆氣之生，因（簡9）之大。作，其㠯不自若。作，庸有果與不果。（簡11）」〔註425〕

心怡案：曹峰所舉的《上博三·恆先》：「恆氣之生，因之大。作，其㠯不自若。作，庸有果與不果。」的文例，在編聯上似有未當，此句編聯從季師旭昇說法應爲簡10+簡11，讀爲「舉天下之作，強者果天下之大作，亓㠯不自若作，若作，庸有果與不果？兩者不廢」。〔註426〕此外簡11的「若」、「作」二字均有重文符號，其簡文作 （若=）、 （乍=），應爲「若作，若作」而非曹文所說的「其㠯不自若。若。作，庸有果與不果」的斷句。但曹峰認爲「自若」即不受拘束，自然而然」之說法可從。

「終身自若」，意指「終其一生都能自由自在」。

〔註423〕季師旭昇主編：《上海博物館藏戰國楚竹書（三）讀本》，（臺北：萬卷樓，2005年10月），頁264～265。

〔註424〕馬承源主編：《上海博物館藏戰國楚竹書（七）》，（上海：上海古籍出版社，2008年12月），頁257。

〔註425〕曹峰：〈《凡物流形》的「少徹」和「少成」——「心不勝心」章疏證〉，清華大學簡帛研究（http://www.confucius2000.com/admin/list.asp?id=3891，2009年1月10日）。

〔註426〕季旭昇主編、陳惠玲、連德榮、李綉玲合撰：《上海博物館藏戰國楚竹書（三）讀本》，（臺北：萬卷樓），2005年10月，頁237。

〔8〕能寡言，虗（吾）能鼠-（一）【簡18】虗（吾）【1】，夫此之謂省（小）成【2】。

【1】虗（吾）能鼠-（一）吾

鼠-（一），簡文甲本簡18作「」形，乙本簡13作（以下討論以△代替之）形。

原考釋者曹錦炎隸定爲「豸」，讀爲「貌」。「貌」，謂「察知物體的形狀」。
復旦大學讀書會將△字隸定爲「鼠-」，讀爲「一」。

沈培先生以爲△字即是「一」字：

《上博（七）・凡物流行》經常出現下面一字：

甲本第17簡　　乙本第12簡

整理者釋爲「貌」。其實此字就是「一」字。甲本第21簡說：

聞之曰：一生兩，兩生晶（三），晶（三）生四，四成結。（下略）

這是證明此字爲「一」的堅強證據。上句整理者誤讀爲「聞之曰：豸（貌）生亞（惡），亞（惡）生參，參生弔城（成）結」，又因此句不見於乙本，故未能認出「一」字。

說這個字是「一」，對於大家來說也不陌生。戰國中山王響壺銘文「曾亡（無）一夫之救」之「一」，作如下之形：

《上博（四）・柬大王泊旱》第5簡有下面一字：

劉洪濤先生已指出此乃「一」字。比較以上字形，可知上舉《凡物流行》之字是「一」字當無疑。〔註427〕

蘇建洲學長從沈培先生釋爲「一」，但似不能隸定作「鼠-」。△字字形下部

〔註427〕沈培：〈略說《上博（七）》新見的「一」字〉，復旦大學出土文獻與古文字研究中心（http://www.gwz.fudan.edu.cn/SrcShow.asp?Src_ID=582，2008 年 12 月 31 日）。

與「鼠」的寫法並不相同，而且也看不出聲符「一」，應分析為下從「印（抑）聲，與「一」同為影紐質部，通假自無問題。〔註428〕但後來放棄此說。

楊澤生認為△字讀為「一」的字，其實是「乙（鳦）」字。〔註429〕

孫合肥以為△字讀為「一」是非常正確的，但是對於字形應隸定為「兒」：

「兒」為疊加之聲符。「兒」在古文字中作如下形體：

金文「兒」字作：。

古璽文「兒」字作：古璽彙編 5276[8]、古璽彙編 3233（郳字所從）。

簡冊「兒」字作：雲夢・秦律50、郭店・語叢4.27、郭店・語叢 1.108（毀所從）、郭店・窮達 14（毀所從）、柬 5.14。

《柬大王泊旱》「」字李守奎先生釋為兒字，並謂此字右側似從「一」。

劉釗先生在談到古文字中的「一字分化」時說，楚帛書有下面幾句話：

日月既亂，乃又□。

三垣發（廢），四興，以亂天尚（常）。

不見陵□，是則至。

「」乃「兒」字，舊或釋「鼠」，是錯誤的。第一句「」字後所缺應為「至」字。這三個「兒」字在帛書中的用法相同，李零先生讀為「倪」，何琳儀先生讀為「閱」，高明先生讀為「毇」字

〔註428〕蘇建洲：〈《上博七・凡物流形》「一」、「逐」二字小考〉，復旦大學出土文獻與古文字研究中心（http://www.gwz.fudan.edu.cn/SrcShow.asp?Src_ID=597，2009 年 1月 2 日）。

〔註429〕楊澤生：〈上博簡《凡物流形》中的「一」字試解〉，復旦大學出土文獻與古文字研究中心（http://www.gwz.fudan.edu.cn/SrcShow.asp?Src_ID=695，2009年2月 15 日）。

並訓爲「毀」。其中以高說爲最善。從形體上看「」字與「」字所從「」、「」所從「」形近，「」字「」、「」應爲一字，即「兒」字。

何琳儀先生認爲，「兒」甲骨文作，附體象形。西周金文作，春秋金文作，戰國文字承襲春秋金文。燕系文字作，其下加止旁（作女形）爲飾。晉系文字作、，其下加土旁爲飾。

疊加聲符是指在形聲字上再疊加聲符的音化現象。疊加聲符的原因既可能是因爲時間和地域的關係而使舊有的聲符發生音變，使聲符的讀音與形聲字的讀音產生距離，從而加上一個更準確表示形聲字讀音的聲符。也可能是因爲一個形體所記錄的詞在語言中義項過多，通過加聲符的辦法，使一個字分化出新字，用來分擔原形聲字所記錄的過多的義項。也可能只是爲了強調讀音而進行的疊床架屋式的繁化。古音「兒」在日紐支部，從「兒」得聲的倪、婗、蜺等字在疑紐支部，「一」在影紐質部，聲爲喉牙通轉，音近可通。故「兒」爲「一」字異構，「兒」爲疊加之聲符。我們認爲「兒」字可能是「一」字爲了強調讀音而進行的疊床架屋式的繁化。「兒」字所從的「兒」也可能就是戰國楚系文字「兒」的特殊寫法。

以上主要對《上博（七）·凡物流形》「」字的字形做了一些分析，認爲「」應爲雙聲字，「一」累加「兒」聲；「」所從的「」，乃「兒」形。〔註430〕

心怡案：戰國楚系文字「兒」字字形作：（郭店·語四·27/兒）、（包·2·194/鯢），與所論△字字形不同，楚文字未見「兒」字作、、等形。沈培先生對於△字字形上的來源已經說得非常清楚，隸定爲鼠，讀作「一」，正確可從。

「一」，就是「道」。《帛書·五行》：「能爲一，然笱（後）能爲君子。能

〔註430〕孫合肥：〈試說《上博七》「一」字〉，武漢大學簡帛網（http://www.bsm.org.cn/show_article.php?id=1116，2009 年 7 月 18 日）。

爲一者，言能以多【爲一】。以多爲一也者，言能以夫【五】爲一也。……一也者，夫五夫爲□心也。然笱（後）德之一也，乃德已。德猶天也，天乃德已。」或曰：「悳（德）之行五，和胃（謂）之悳（德）。……悳（德），天道也。」又曰「君子愼其蜀（獨）。愼其蜀（獨）也者，言舍夫五而愼其心之胃（謂）□□然笱（後）一。」據此「獨」即「一」也，一者，五行和合之謂，亦即德也，故「獨」即「德」也。所以君子愼獨，不是單純地愼心，而是愼其心所具之德，是在「能爲一」之後，進一步的修養工夫。〔註431〕即指「德行」爲「天道」。

【2】省（小）城（成）

省（小），簡文甲本簡 28 作形，乙本簡 20 作（下以△代之）。

原考釋者曹錦炎隸作「省」，下從「口」，爲「少」字繁構。「小城」，讀「小成」，指「略有成就」。引《禮記・學記》：「一年視離經辨志。三年視敬業樂羣。五年視博習親師。七年視論學取友。謂之小成。」正義曰：按學記一年視離經辨志三年視敬業樂羣五年視博習親師七年視論學取友謂之小成。」所指雖不同，但是「謂之小成」與簡文「此之謂小成」的意思是一樣的。〔註432〕

曹峰認爲「小成」解爲「小的成就」是不合理的，應解爲是一種修養工夫，除此之外也可能是聖人無爲而治的重要方式：

> 同樣，小成，即小的成就也是不合理的，《凡物流形》中未見「大成」。故應讀爲「少成」，即只有通過「知白」、「自若」、「能寡言」、「能一」的修養工夫，纔能稍稍有所成就。

> 筆者還有另外一個推測，「少成」或許可以理解爲，只有通過「知白」、「自若」、「能寡言」、「能一」的修養工夫，人纔能減少既成、既定的預設和偏見，纔能以靜制動，以陰制陽，以不變應萬變，這也是聖人無爲而治的一個重要方式。例如，《心術上》有：毋先物動，以觀其則。動則失位，靜乃自得。恬愉無爲、去智與故，言

〔註431〕朱心怡：《天之道與人之道——郭店楚簡儒道思想研究》，（臺北：文津出版社，2004年5月），頁 164～165。

〔註432〕馬承源主編：《上海博物館藏戰國楚竹書（七）》，（上海：上海古籍出版社，2008年12月），頁 270。

虛素也。其應非所設也、其動非所取也，此言因也。因也者，捨己而以物爲法者也。感而後應，非所設也。緣理而動，非所取也。過在自用、罪在變化，自用則不虛，不虛則忤於物矣。變化則爲生，爲生則亂矣。故道貴因，因者，因其能者，言所用也。君子之處也若無知，言至虛也。其應物也，若偶之，言時適也。若影之象形，響之應聲也，故物至則應，過則舍矣。舍矣者，言復所於虛也。

「少成」或許就是「毋先物動」、「去智與故」、「非所設」、「非所取」的意思。〔註433〕

楊澤生視「省」爲「訬」字異體而讀爲「崇」：

大家知道，「口」、「言」用作意符意思相通，可以換用，如《說文》「吟」字或作「訡」，「謨」字古文作「暮」，「信」字古文作「㐰」，「詠」字或作「詠」，所以我們懷疑「省」爲《說文》「讀若黽」的「訬」字的異體。我們曾在《補說》裏論證從「少」得聲的「䊮」與「崇」可以相通，同樣從「少」得聲的「省」當然可以讀作「崇」。「省城」即「崇成」。「崇成」見於《荀子·修身篇》：「累土而不輟，丘山崇成。」簡文「崇成」與前面的「小徹」相對，意思應該是「大成」。「崇」除了有常用的「高」義外，也有「大」義，如《書·盤庚中》「高后丕乃崇降罪疾」蔡沈集傳、《文選·潘勗〈冊魏九公錫文〉》「崇亂二世」李周翰注皆云：「崇，大也。」簡文「能寡言，吾能一吾」和前面稱之爲「小徹」的「心能勝心」、「終身自若」相比，意思上有遞進關係，所以稱之爲「省（崇）城」，即「大成」。

「大成」一詞屢見於古籍，如《管子·宙合》：「左操五音，右執五味，懷繩與准鉤，多備規軸，減溜大成，是唯時德之節。春采生，秋采蓏，夏處陰，冬處陽，大賢之德長。……故聖人博聞、多見、畜道、以待物。物至而對形，曲均存矣。減，盡也。溜，發也。言遍環畢，莫不備得，故曰減溜大成。」《莊子·山木》：「昔吾聞

〔註433〕曹峰：〈《凡物流形》的「少徹」和「少成」——「心不勝心」章疏證〉，清華大學簡帛研究（http://www.confucius2000.com/admin/list.asp?id=3891，2009 年 1 月 10 日）。

之大成之人曰：『自伐者無功，功成者墮，名成者虧。』」《禮記‧
學記》：「七年視論學取友，謂之小成。九年知類通達，強立而不反，
謂之大成。」《春秋繁露‧玉杯》：「是故善爲師者，既美其道，有
愼其行，齊時蚤晚，任多少，適疾徐，造而勿趨，稽而勿苦，省其
所爲，而成其所湛，故力不勞，而身大成，此之謂聖化，吾取之。」
〔註434〕

顧史考以爲△字不見得要與上面「少徹」之「少」同讀爲一個詞，可讀爲
操：

> 楚文中，似未見過「少」字下加「口」以爲繁構者，且「省成」
> 之「省」不見得即與上面「少徹」之「少」要同讀爲一個詞。筆者
> 疑此「省」字或可視爲從口、少聲而看作「喿」字異體，在此讀「操」。
> 「少」爲書紐宵部，與心紐宵部的「小」爲分化字，而「喿」爲
> 心紐宵部，「操」則爲清紐宵部，皆是音近可相通無疑，且「小」、
> 「喿」二聲系亦有通假前例，如「肖」與「趒」，「綃」與「繰」
> 等是。荀子屢用「操」字來形容君子對「德」、對「誠」、對「一」
> 的掌握，如《荀子‧勸學》：「夫是之謂德操。德操然後能定，能
> 定然後能應。能定能應，夫是之謂成人。天見其明，地見其光，
> 君子貴其全也」；〈不苟〉則謂君子「所聽視者近，而所聞見者遠……
> 操術然也。故千人萬人之情，一人之情是也……總天下之要，治
> 海內之眾，若使一人，故操彌約而事彌大……則操術然也」，同是
> 「察道坐不下席」而「先知四海」之理。若能寡言而守一，則成
> 功已操持而握在手裡。然「省」字是否能如此讀將仍待進一步的資
> 料，茲先錄以備一說。

心怡案：△字應隸定爲省，讀爲「小」其「口」形應是屬於增繁無義偏旁
的「繁化」現象，如「丙」，於楚文字常作「𠂤（包‧2‧31）」、「𠂤（九店‧
56‧40）」；「等」作「𥫱（包‧2‧133）」、「𥫱（包‧2‧157）」。「小成」見於

〔註434〕楊澤生：〈説《凡物流形》從「少」的兩個字〉，武漢大學簡帛網（http://www.bsm.org.cn/
show_article.php?id=999，2009 年 3 月 7 日）。

《禮記・學記》：「古之教者家有塾黨有庠術有序國有學，比年入學，中年考校。一年視離經辨志。三年視敬業樂羣。五年視博習親師。七年視論學取友。謂之小成。」是在說明學校教育每一年有不同的進度與階段，達到了「一年視離經辨志。三年視敬業樂羣。五年視博習親師。七年視論學取友」這個階段算是「小成」，《學記》中「小成」是與「九年知類通達強立而不反」相較而言，因此「小成」即是指在學業上的成就。同理，〈凡物流形〉這一章都在說「心」，而這顆心指的是「義理心」，若能達到「寡言、一吾」等工夫，即到達了「小成」這個階段了，此「小成」應是指修養自身上的成就。

〔9〕得而解之，上【簡28】宯（賓）於天，下番（蟠）於困（淵）。

【1】宯（賓）

宯，簡文甲本簡15作，乙本簡文殘（下以△字代之）。

原考釋者曹錦炎釋作「視」〔註435〕。

復旦讀書會隸定爲「宆」，釋作「賓」。〔註436〕

李銳隸定爲「宯」，讀爲「眄」，其義爲「視、審視」。〔註437〕

鄔可晶認爲「賓」可訓「至」，亦引《管子・內業》「上察於天，下極於地，蟠滿九州」之語爲證。〔註438〕

宋華強通過對楚簡「萬」、「元」的對照後，認爲簡文應是「完」字，當讀爲「干」。〔註439〕

〔註435〕馬承源主編：《上海博物館藏戰國楚竹書（七）》，（上海：上海古籍出版社，2008年12月），頁252。

〔註436〕復旦大學出土文獻與古文字研究中心研究生讀書會：〈《上博（七）凡物流形》重編釋文〉，復旦大學出土文獻與古文字研究中心（http://www.gwz.fudan.edu.cn/SrcShow.asp?Src_ID=581，2008年12月31日）。

〔註437〕李銳：〈《凡物流形》釋讀箚記（續）〉，清華大學簡帛研究（http://www.confucius2000.com/admin/list.asp?id=3866，2009年1月1日）。

〔註438〕鄔可晶：〈談《上博（七）・凡物流形》甲乙本編聯及相關問題〉，復旦大學出土文獻與古文字研究中心（http://www.gwz.fudan.edu.cn/SrcShow.asp?Src_ID=636，2009年1月7日）。

〔註439〕宋華強：〈《凡物流形》「上干於天，下蟠於淵」試解〉，武漢大學簡帛網（http://www.bsm.org.cn/show_article.php?id=1111，2009年7月11日）。

心怡案：楚系文字「從元之字」作：

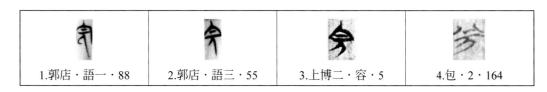				
1.天卜	2.包・2・219	3.上博二・容・52	4.九店・56・32	5.曾・161

偏旁中的「元」字與△字的下半部確實有相似之處，但是仔細察看可以發現「元」字右下的「豎曲勾」曲度明顯，△字簡文雖有殘泐，但是可以可出左撇曲度不像「元」字那樣彎曲。應依李銳隸定爲「宎」，楚系「宎」字作：

1.郭店・語一・88	2.郭店・語三・55	3.上博二・容・5	4.包・2・164

上列字形中字例 2 與△字字形同，故隸定爲「宎」，讀爲「賓」。訓爲「至」，如《禮記・樂記》：「及夫禮樂之極乎天而蟠乎地，行乎陰陽而通乎鬼神；窮高極遠而測深厚。」鄭玄《注》：「極，至也。蟠，猶委也。……禮樂之道上至於天，下委於地，則其間無所不之。」孔穎達《正義》云：「天高故言至，地下故言委」。宋衛湜《禮記集說》：「上極於天，下蟠於淵」等，與本簡句式相當，故將「賓」訓爲「至」可從。

【2】番（蟠）

番，簡文甲本簡 15 作 形，乙本簡 10 作 （下以△表示）。

原考釋者曹錦炎以爲是「審」字省寫。〔註440〕

復旦讀書會隸定作「番」，讀爲「播」。〔註441〕

宋華強認爲「番」，應讀爲「蟠」：

> 古書中似從不見「播於淵」之語。地以廣爲特點，故可稱「播」；淵以深爲特點，稱「播」則詞義不切。疑「番」當讀爲「蟠」，「蟠」

〔註440〕馬承源主編：《上海博物館藏戰國楚竹書（七）》，（上海：上海古籍出版社，2008年12月），頁252。

〔註441〕復旦大學出土文獻與古文字研究中心研究生讀書會：《《上博（七）凡物流形》重編釋文〉，復旦大學出土文獻與古文字研究中心（http://www.gwz.fudan.edu.cn/SrcShow.asp?Src_ID=581，2008 年 12 月 31 日）。

從「番」聲，故可相通。「蟠於淵」之語古書常見，如宋衛湜《禮記集說》卷一百二十七「上極於天，下蟠於淵，中無不在也」。〔註442〕

心怡案：「審」字楚系文字有之，作：

（上博一・孔・21）、　　（上博六・孔・12）

與△字對照來看，上列二字多了「宀」部，而△字則無；此外原考釋者曹錦炎將「下」字上讀，整句為「視於天，下審於國」，其中曹錦炎釋為「國」的字，其實是「囧（淵）」字，因此文意上即不通順。而學者多改讀為「上宁（賓）於天，下番（播）於（淵）」〔註443〕、「上宇（視）於天，下番（審）於淵」〔註444〕、「上干於天，下蟠於淵」〔註445〕等，皆將「下」字下讀。其次，從簡文字形上來看，隸定為「番」，是正確的。楚系文字「從番」之字作：

1.郭店・緇・29	2.包山・2・153	3.包山・2・154	4.包山・2・175	5.包牘1	6.曾・75

可以看到其所從「番」與所論△字字形相同。本文從宋華強之說，可將「番」讀為「蟠」，如《禮記・樂記》：「及夫禮樂之極乎天而蟠乎地，行乎陰陽而通乎鬼神；窮高極遠而測深厚。」鄭玄《注》：「極，至也。蟠，猶委也。……禮樂之道上至於天，下委於地，則其間無所不之。」孔穎達《正義》云：「蟠，委也。言禮樂下委於地，……地氣上升，天氣下降，是樂至委於天地。天高故言至，地下故言委。」蟠，遍佈之意。

〔註442〕宋華強：〈《凡物流形》「上干於天，下蟠於淵」試解〉，武漢大學簡帛網（http://www.bsm.org.cn/show_article.php?id=1111，2009 年 7 月 11 日）。

〔註443〕復旦大學出土文獻與古文字研究中心研究生讀書會：〈《上博（七）凡物流形》重編釋文〉，復旦大學出土文獻與古文字研究中心（http://www.gwz.fudan.edu.cn/SrcShow.asp?Src_ID=581，2008 年 12 月 31 日）、王中汪：〈《凡物流形》編聯新見〉，武漢大學簡帛網（http://www.bsm.org.cn/show_article.php?id=998，2009 年 3 月 22 日）。

〔註444〕李銳：〈《凡物流形》釋文新編（稿）〉，清華大學簡帛研究（http://jianbo.sdu.edu.cn/admin3/2008/lirui006.htm，2008 年 12 月 31 日）。

〔註445〕宋華強：〈《凡物流形》「上干於天，下蟠於淵」試解〉，武漢大學簡帛網（http://www.bsm.org.cn/show_article.php?id=1111，2009 年 7 月 11 日）。

【3】囦（淵）

囦（淵），簡文甲本簡 15 作形，乙本簡 10 作形。

原考釋者曹錦炎以爲簡文原篆有省筆，爲「國」字異體，相同構形亦見於郭店楚簡《老子》「國中又（有）四大安（焉）」。〔註 446〕

復旦讀書會釋爲「淵」。〔註 447〕孫飛燕、李銳〔註 448〕、宋華強〔註 449〕均從此。

心怡案：楚系簡帛文字「國」字作：

1.包 2・135	2.上博一・緇・1	3.上博二・民；13	4.新蔡・甲三・111	5.新蔡・甲 3・251	6.郭店・老乙・2

上表所列之字，與簡文字字形不同。，從囗從水，應隸定作「囦」，讀爲「淵」。「淵」甲骨文作（後・1.15.2）形，從囗從水，象淵水形。《說文》古文「淵」亦是從囗從水作形，《郭店・性自命出》簡 62 有個淵字作，可參。

〔10〕坐而思之，謀（謀）於千里；

簡文字見於甲本簡 15，乙本簡 10 作形，目前討論者的看法約可分爲三類：

〔註 446〕馬承源主編：《上海博物館藏戰國楚竹書（七）》，（上海：上海古籍出版社，2008 年 12 月），頁 252。

〔註 447〕復旦大學出土文獻與古文字研究中心研究生讀書會：〈《上博（七）凡物流形》重編釋文〉，復旦大學出土文獻與古文字研究中心（http://www.gwz.fudan.edu.cn/SrcShow.asp?Src_ID=581，2008 年 12 月 31 日）。

〔註 448〕孫飛燕的說法見於李銳《凡物流形》釋文新編（稿）的註 17，詳見李銳〈《凡物流形》釋文新編（稿）〉，清華大學簡帛研究（http://jianbo.sdu.edu.cn/admin3/2008/lirui006.htm，2008 年 12 月 31 日）。

〔註 449〕宋華強：〈《凡物流形》「上干於天，下蟠於淵」試解〉，武漢大學簡帛網（http://www.bsm.org.cn/show_article.php?id=1111，2009 年 7 月 11 日）。

1、隸作「每」，讀為「謀」：

原考釋者曹錦炎將簡文字，隸定作「每」，讀為「謀」。〔註450〕復旦讀書會亦同意讀為「謀」但未有解釋〔註451〕、鄔可晶根據編聯將乙本簡10隸定為「每」，讀為「謀」〔註452〕、陳志向據復旦讀書會〈《上博（七）‧凡物流形》重編釋文〉為本，對〈凡物流形〉用韻進行分析，可見其同意復旦讀書會的隸定及讀法〔註453〕、王中江在原考釋者曹錦炎、復旦讀書會及李銳的編聯基礎上，將「每」字讀為「謀」〔註454〕、張崇禮抄撮諸家，擇善而從，將「每」字讀為「謀」〔註455〕。

2、為「絾」字簡體，讀為「播」：

魏宜輝認為簡文「」字，應是絾字簡體，此外又指出秦系文字中從「每」得聲的形聲字，在戰國楚系文字中「每」旁均由「母」字來承擔：

　　《上博楚簡（七）‧凡物流形（甲本）》簡15中「坐而思之，於千里；起而用之，陳於四海」，「」字整理者釋作「每」，讀作「謀」，我推測這裡的「」應讀為「播」，傳布、傳揚之意。《國語‧晉語三》：「夫人美於中，必播於外。」韋昭注：「播，布也。」

〔註450〕馬承源主編：《上海博物館藏戰國楚竹書（七）》，（上海：上海古籍出版社，2008年12月），頁252。

〔註451〕復旦大學出土文獻與古文字研究中心研究生讀書會：〈《上博（七）凡物流形》重編釋文〉，復旦大學出土文獻與古文字研究中心（http://www.gwz.fudan.edu.cn/SrcShow.asp?Src_ID=581，2008年12月31日）。

〔註452〕鄔可晶：〈談《上博（七）‧凡物流形》甲乙本編聯及相關問題〉，復旦大學出土文獻與古文字研究中心（http://www.gwz.fudan.edu.cn/SrcShow.asp?Src_ID=636，2009年1月7日）。

〔註453〕陳志向：〈《凡物流形》韻讀〉，復旦大學出土文獻與古文字研究中心（http://www.gwz.fudan.edu.cn/SrcShow.asp?Src_ID=645，2009年1月1日）。

〔註454〕王中江：〈《凡物流形》編聯新見〉，武漢大學簡帛網（http://www.bsm.org.cn/show_article.php?id=998，2009年3月3日）。

〔註455〕張崇禮：〈《凡物流形》新編釋文〉，復旦大學出土文獻與古文字研究中心（http://www.gwz.fudan.edu.cn/SrcShow.asp?Src_ID=730，2009年3月20日）。

3、釋為「姊」，讀為「至」：

宋華強以為簡文此字亦見於《上博七‧吳命》，在《吳命》篇中釋為「姊」，而在〈凡物流形〉則可讀為「至」：

「坐而思之，B於千里；起而用之，C於四海。」……

與 B 寫法相同的字也見於《上博（七）‧吳命》8 號簡，當釋為「姊」。此處可讀為「至」。「姊」屬精母脂部，「至」屬章母質部，韻部對轉，聲鈕相近。「弟」聲與「次」聲通，而後者又與「至」通，故「姊」可讀為「至」。〔註456〕

此外宋華強認為《吳命》中將簡8的「」字，上部不從「來」，下部亦不從「母」：

：此字還見於《上博（七）‧凡物流形》甲本 15 號，作：，整理者皆釋為「每」。按，楚簡「每」字下部皆從「母」，此從「女」，恐非「每」字。或隸定為上部從「來」，亦非。按，該字應該釋為「姊」。西周金文「姊」字作（季宮父簋），《上博（四）‧內禮》附簡「姊」字作：，都作左右結構。作上下結構，并且省去了「弟」旁的下部。《汗簡》錄《義雲章》「姿」字作，實即「姊」字，作上下結構，與簡文同，唯上部「弟」有所訛變。楚簡及傳抄古文中「弟」字及從「弟」之字作：（宋，上博簡《周易》7、53 號，今本作「次」）（傳抄古文「次」，實即「弟」字）（三體石經古文「濟」字，實即「泲」字）。這些「弟」字或「弟」旁上部的寫法都可以和簡文「姊」字參看。〔註457〕

李銳放棄原本隸作「每」，讀為「謀」的說法，認為此字應釋作「至」。〔註458〕

〔註456〕宋華強：〈《上博（七）‧凡物流形》箚記四則〉，武漢大學簡帛網（http://www.bsm.org.cn/show_article.php?id=938，2009 年 1 月 3 日）。

〔註457〕宋華強：〈《上博七‧吳命》「姑姊大姬」小考〉，武漢大學簡帛網（http://www.bsm.org.cn/show_article.php?id=930，2009 年 1 月 1 日）。

〔註458〕李銳：〈《凡物流形》釋讀箚記（再續）（重訂版）〉，清華大學簡帛研究（孔子2000），（http://www.confucius2000.com/admin/list.asp?id=3885，2009 年 1 月 3 日）。

心怡案：據上述學者看法，對於簡文（以下以△代替）字的讀法，目前共有三種不同的看法：其一讀爲「謀」；其二讀爲「播」；其三讀爲「至」。

先就讀爲「播」的說法進行分析如下：

魏宜輝以爲△字是「緜」字簡體，讀爲「播」。楚文字「緜」作：▨（包2‧90）、▨（包2‧90）、▨（包2‧90）、▨（上博二‧容‧19）、▨（包2‧90），比△字多了「糸」形。可以看出在緜字寫法固定。因此本簡▨字，似乎不能視爲「緜」字簡體。

其次討論△字從「宋」的說法，從「宋」之字在楚文字作：

1.上博三‧周7	2.上博三‧周53	3.上博三‧周53	4.上博四‧內附（第7字）	4.上博五‧三4	5.上博五‧三4
▨	▨	▨	▨	▨	▨

上表各字所從的「宋」字形，與「▨」不同。

「宋」，甲骨文作▨（合1385）、▨（合10975），從屮，從土，從冂，會草木生長受阻之意。或說，從豐，從冂，會次於邊境之意，疑次之本字，待考。[註459] 西周早期金文目前僅見於偏旁，作▨（宰甶簋）、▨（曶鼎），豎筆或填實作肥筆，西周晚期字形略變爲作▨（季宮父簠）、▨（兮甲盤）等形 [註460]，已可見到其上部與「▨（來）」字已有訛混的現象 [註461]，至戰國文字作▨（上博三‧周7）、▨（上博四‧內禮‧附簡第七字）、▨（上博五‧三德‧4）其上部與「來」字訛混而形近的情形加劇。

《上博三‧周易》簡7▨，陳惠玲學姐隸定爲「宋」字，讀爲「次」。[註462] 季師旭昇認爲▨《上博四‧內禮‧附簡第七字》此字右旁即是「宋」，

[註459] 何琳儀：《戰國古文字典》（下冊），（北京：中華書局，2004年9月），頁1265。

[註460] 董妍希：《金文字根研究》，臺北：國立臺灣師範大學國文所碩士論文，2001年6月，頁362。

[註461] 王楡楨：〈釋析《上博（七）》「▨」字〉，《楚系簡帛文字字下編纂計劃基礎工程論文集》，（新竹‧玄奘大學中文系，2009年6月27日），頁12～28。

[註462] 季師旭昇主編：《上海博物館藏戰國楚竹書（三）讀本》，（臺北：萬卷樓，2005

並不從來從子。〔註463〕《上博五·三德》簡4，蘇建洲學長隸定爲宋，並指出此字已見於《上博三·周易》。〔註464〕陳偉透過甲骨文、金文、戰國文字詳細探討後，認爲《上博五·三德》簡4字應隸定爲「宋」：

> 楚簡中有一個讀爲「次」的字。在《周易》中一見，寫作；《三德》中二見，寫作。《周易》7號簡記的是師卦。有關釋文作：「六四，師左宋（次），无咎。」考釋云：「『宋』，讀爲『次』，同屬脂部韻。《六十四卦經解》朱駿聲說：『一宿曰宿，再宿曰信，過信曰次。兵禮尚右，偏將軍居左，左次，常備師也。』《象》曰：『左次，无咎』，未失常也。本句馬王堆漢墓帛書《周易》作『六四：師左次，无咎』；今本《周易》同。」
>
> 　　《三德》4號簡此字二見。原釋文分別作：「毋詢（詬）政卿於神宋」、「疋（從忄）達之宋」。考釋云：「『神宋』，讀『神祇』。」「疋（從忄）達之宋，待考。」季旭昇先生指出：「原考釋隸爲『宋』之字（本簡倒數第四字同），實當隸爲「宋」，字又見《上博三·周易》簡7。本簡讀爲「祇」，可從」在季先生研究的基礎上，我們認爲：《三德》此字出現的這兩個地方，也應該如在《周易》中一樣，讀爲「次」。
>
> 　　其實，古文字中以宋作爲基本構形的字應該讀爲「次」，具有較長的研究歷史，幷且已有結論性意見。
>
> 　　……甲骨文彔字作或，從無作者。又甲骨文師字習見，作、、、等形。金文作或。羅振玉釋師爲缺，幷謂：『從𠂤宋聲，師所止也。後世假次爲之，此其初文矣。』（《增考》中一三）按羅說非是。甲骨文宋字作，詳《釋宋》。周器智鼎秭字從

年10月），頁22。

〔註463〕季師旭昇主編：《上海博物館藏戰國楚竹書（四）讀本》，（臺北：萬卷樓，2007年3月），頁124。

〔註464〕蘇建洲：〈初讀《上博五》淺說〉，武漢大學簡帛網（http://www.bsm.org.cn/show_article.php?id=199，2006年2月18日）。

宋作🔲，也與柬字判然有別。甲骨文的🔲與🔲應隸定作宋或𠂤，讀作次。與次同屬齒音，又爲疊韻，故通用。《易・夬》九四的『其行次且』，釋文：『次，《說文》及鄭作趀。』《儀禮・既夕禮》的『設床第』，鄭注：『古文第作茨。』是從宋從次字通之證。……

甲骨文🔲、🔲、🔲、🔲、🔲等字，思泊師釋爲宋、𠂤，讀爲次（詳《釋林》）。宋、次、齊音近，可通作。如兮甲盤𠂤作🔲，季宮父簠姊作🔲，本書錄《義雲章》姿作🔲（即姊變），三體石經濟字古文作🔲（即沛字）；長沙馬王堆漢墓帛書《老子》甲、乙本資作🔲；《經法》資作🔲；《說文》齎字或從次作𣥣，躄字『從韭，宋、次皆聲』宋，或從齊作𪐴。今本《說文》次字古文作🔲，歷來困惑不解。……今以本書諸次字，結合古文字從宋之字，可以確定，《說文》古文🔲就是古宋字訛變。……此形乃古宋字訛誤，同《說文》次字古文。」

重溫這些討論，對認識楚簡此字多有啓迪。第一，此字宀下的部分與季宮父簠「姊」字所從、《王庶子碑》「次」字以及三體石經「濟（沛）」字古文所從近似，當是宋而非柬，應依上博竹書《周易》整理者濮茅左先生和季旭升先生的意見，隸定作宋而不是柬。第二，根據甲骨文🔲字和《汗簡》收錄的字形，此字當釋爲「宋」。楚簡文字從「宀」與否每無別，如集、葬等字即往往加有宀頭。宋從宀作，應是這方面的又一例證。第三，《說文》：「宋，止也。」這大概是「宋」字的基本義。後世「次」字的停留、所在等一類義涵，原本爲「宋」字所有。雖然根據後世的用字習慣，我們可以將楚簡宋字釋爲「次」，但它與大致幷行的「次」其實幷不是同一個字。〔註465〕

據上所述「宋」字在甲骨文時多作🔲、🔲、🔲等形，至金文時，則有作「🔲」、

〔註465〕陳偉：〈楚簡文字識小——「宋」與「社稷」〉，《楚地簡帛思想研究（三）新出楚簡國際學術研討會會議論文集》，（湖北：湖北教育出版社，2007 年 6 月），頁 139～141。又見於《楚簡讀爲「次」字之補說》，武漢大學簡帛網，2006 年 3 月 11日，及《上博五〈三德〉初讀》，武漢大學簡帛網，2006 年 2 月 19 日。

「」、「」、「」等形，戰國文字承襲金文而來。簡文字與「（市）」雖形近，但是其實不是同一個字。

最後討論△字，讀爲「謀」的說法，△字上從「來」下從「母」，應隸定爲「𤯍」，在此讀爲「謀」。楚文字「從來之字」作：

1.郭店・老乙1	2.郭店・老乙13	3.郭店・太一8	4.郭店・語一99	5.包22	6.包254
7.信陽・2・2・23	8.包25	9.曾158	10.包194	11.包90	12.包90

與簡文字上半部所從相同。又《郭店・語一》簡34有個字，徐在國、黃德寬皆認爲（郭店・語一・34）應釋爲「每」〔註466〕，而△字與（郭・語一・34）的差別是，前者「從女」而後者「從母」，但「女」、「母」常因形近而有訛混的情形發生，何琳儀謂：

> 「母，從女，中間加一橫畫爲分化符號。女亦聲，母爲女之準聲首（均屬魚部）。或說毋由母分化（連接母字中間兩點即是）。母，明紐魚部，母，明紐之部，之魚旁轉，母爲母之準聲首。其實女、母、毋均一字分化。」〔註467〕

如（包2・146/纓），其「女」形或加飾筆，而與「毋」形或「母」形；（郭・六・21/悔）則與楚系簡帛「女」同形。由此可知△字可隸定爲「𤯍」，「𤯍」可釋爲「每」，簡文此處讀爲「謀」。「每」、「謀」，上古聲韻皆是明紐之部，聲韻畢同可以通假。

「坐而思之，𤯍（謀）於千里」意同於「籌策帷帳之中，決勝於千里之外」，見於《史記・太史公自序》提到張良說：「運籌帷幄之中，制勝於無形，子房計謀其事，無知名，無勇功，圖難於易，爲大於細。」又見《史記・高祖本

〔註466〕黃德寬、徐在國：〈郭店楚簡文字考釋十一則〉《吉林大學古籍研究所建所十五週年紀念文集》，（吉林：吉林大學出版社，1008年，12月），頁107。

〔註467〕何琳儀：《戰國古文字典》，（北京：中華書局，2004年9月），頁562。

紀》：「夫運籌策帷帳之中，決勝於千里之外，吾不如子房。鎮國家，撫百姓，給餽饟，不絕糧道，吾不如蕭何。連百萬之軍，戰必勝，攻必取，吾不如韓信。此三者，皆人傑也，吾能用之，此吾所以取天下也。項羽有一范增而不能用，此其所以爲我擒也。」、《淮南子·兵略》：「凡用兵者，必先自廟戰：主孰賢？將孰能？民孰附？國孰治？蓄積孰多？士卒孰精？甲兵孰利？器備孰便？故運籌於廟堂之上，而決勝乎千里之外矣。」

〔11〕迉（起）【1】而用【2】之，練（申）【3】於四海【4】。

【1】迉（起）

簡文甲本簡 15 作▨形，乙本簡文殘。

原考釋隸定作「迉」，釋作「起」，《說文》以爲「起」字古文。「起」，舉用、徵聘。〔註468〕

【2】用

簡文甲本簡 15 作▨形，乙本簡文殘。

原考釋曹錦隸作「甬」，讀爲「用」。《老子》「以正治國，以奇用兵」、「弱者道之用」、「用兵則貴石」、「不得已而用之」、「大成若缺，其用不弊。大盈若沖，其用不窮」，郭店楚簡本「用」皆作「甬」字多見，皆讀爲「用」。〔註469〕

心怡案：楚文字「甬」字作：▨（郱陵君鑒）、▨（郭店·老甲·29）、▨（郭店·老甲·37）、▨（郭店·老丙·6）、▨（上博一·孔·4）、▨（上博二·性·32）、▨（包山·267），上列字形中▨（郱陵君鑒）與所論簡文相似，故可將▨釋爲「用」。戰國文字常在一豎筆上加「人」形飾筆，湯餘惠說：

戰國文字另一種人字形飾筆，一般加於中直之上，和●、一的

〔註468〕馬承源主編：《上海博物館藏戰國楚竹書（七）》，（上海：上海古籍出版社，2008年12月），頁252。

〔註469〕馬承源主編：《上海博物館藏戰國楚竹書（七）》，（上海：上海古籍出版社，2008年12月），頁252。

字法雷同，對比情況可見下表〔註470〕：

●	《季木》63‧9 補字所從	陶文《綴遺》25‧18	魏石經古文《左傳‧僖公》	《璽》4079
一 八	《鐵雲》41‧2 補字所從	《季木》77‧1	《璽》3028	《璽》0397 𤔲字所從
	《古大》143	《季木》60‧3	《璽》3027	《璽》4087
	《中山王鼎》備字所從	《古大》507		

因此簡文「　」出現的「八」，應該就是飾筆，隸定爲「甬」釋爲「用」。

【3】練（申）

簡文甲本簡 15 作「　」形，乙本簡文殘。

原考釋者曹錦炎隸定爲「練」，讀爲「陳」指軍隊行列，即軍隊作戰時的戰鬥隊形，也就是陣法。簡文之「陳」指布陣。《書‧武成》：「癸亥，陳于商郊，俟天休命。」「陳」字用法同。〔註471〕

季師旭昇認爲從嚴格的字形分析來看，從「糸」從「東」，應該隸爲「紳」，讀爲「申」、「伸」，伸張之義：

> 「練」字從「糸」從「東，釋爲「陳」好像沒有什麼問題。但
> 是楚簡的「陳」字作「陸」（《上博四‧昭王毀室》簡 4）、本篇簡
> 24 則逕作「陳」。從嚴格的字形分析來看，從「糸」從「東」，恐
> 怕應該隸爲「紳」。此字字形變化繁富，甲骨文從又從東（囊橐之
> 象形），會重重紳束之義，或加田聲，糸旁或繁化爲𪙧（或𤔲），楚

〔註470〕湯餘惠：〈略論戰國文字形體研究中的幾個問題〉，《古文字研究》第 15 輯，（北京：中華書局，1986 年 6 月），頁 44～45。

〔註471〕馬承源主編：《上海博物館藏戰國楚竹書（七）》，（上海：上海古籍出版社，2008年 12 月），頁 252～253。

系文字寫法因而頗多變化，李學勤、裘錫圭、李家浩等先生多有闡
述：

1 商.撫 107《甲》	2 商.掇 2.62《甲》	3 商.英 2415 反	4 周中.牆盤《金》	5 周晚.伊簋《金》
6 周早.紳卣《金》	7 周早.伯紳盉《金》	8 春秋.蔡侯紳盥缶《金》	9 戰.齊.陳侯因育敦《金》	10 戰.楚.包 93《楚》
11 戰.楚.天卜《楚》	12 戰.楚.天卜《楚》	13 戰.楚.曾侯乙編鐘下 1.2	14 戰.楚.包 271《楚》	15 戰.楚.曾 18《楚》
16 戰.楚.曾 15《楚》	17 戰.璽彙 1932	18 秦.石鼓.吳人	19 西漢.居延簡甲 1734A《篆》	20 東漢.曹全碑《篆》

很明顯地，本簡的「練」和齊侯因育敦的「紳」結構完全相同。

在簡文中讀爲「申」、「伸」，伸張也。〔註472〕

宋華強認爲當釋爲「綃」：

「坐而思之，B 於千里；起而用之，C 於四海。」（甲本 15 號，乙本 10 號）

……C 作：⬚，整理者釋爲從「糸」、「東」聲，讀爲「陳」。

疑當釋爲「綃」。包山簡牘「鄦」字所從「甫」旁或作：⬚（簡228）、⬚（牘 1），可以和 C <u>左旁</u>參照。傳抄古文“「薄」字或作：⬚，所從「甫」旁下部亦與 C 左旁相似，可以參照。「綃」字見于漢印，《集韻》收爲「補」字或體。「綃」在簡文中可以讀爲「敷」或「布」。整理者已經引用僞古文《尚書·大禹謨》「文命敷于四海」。

〔註472〕 季師旭昇：〈上博七芻議（二）：凡物流形〉，武漢大學簡帛網（http://www.bsm.org.cn/show_article.php?id=934，2009 年 1 月 2 日）。

按，《文選·勸進表》李善注引《尹文子》曰：「堯德化布于四海。」可知今傳《大禹謨》雖是偽古文，「敷于四海」之言未必無所傳承。《益稷》有「外薄四海」之語，「薄」、「敷」通用，亦可參證。

熊立章亦同意釋爲「敷」，但更進一步的說明：

> 從傳世文獻的文例來看此字讀「敷」無疑是非常合適的。但宋先生所羅列的材料容易使人產生此字讀敷乃由東、甫相譌的聯想。實際出土楚簡文字有同類下贅或變形筆畫本是一種十分常見的現象。如和尃下部相近同的邊也有同樣情況： 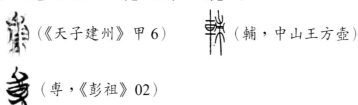 （《上博四·曹沫之陳》17 號簡）、 （《上博七·鄭子家喪》甲本 1 號簡）。我們從春字存在異讀的情況來看，上古東部的某些字在另一方言中可能就是讀魚部的，這樣《上博七》之「敷」字用東部聲符也就好理解了。而且《凡物流形》此字左部與小篆的「𡔛」（古韻東部）也頗爲相似。同樣在青銅器銘文中有如《秦公鎛》（《集成》1.269）之自銘爲「鐘」，則又可爲一補證。

李銳認爲簡文應釋爲「通」，從「東」得聲與從「甬」得聲之字可以相通。
〔註 473〕

蘇建洲學長亦認爲將簡文分析爲「甫」可商，應讀爲「通」：

> 將「△」分析從「甫」可商。「甫」作：
>
> （《天子建州》甲 6）　　（輔，中山王方壺）
>
> （專，《彭祖》02）
>
> 字形從「父」聲。宋先生文中所舉《包山》228、牘 1 的例子也是很明顯的從父聲，與「△」左上顯然不同。曹錦炎先生將「△」分析爲從「東」是很對的，但釋爲「陳」則可商。楚文字目前所見「陳」字用法及寫法可以找到規律性：

〔註 473〕李銳：〈《凡物流形》釋讀箚記（三續）〉，清華大學簡帛研究（http://www.confucius
2000.com/admin/list.asp?id=3888，2009 年 1 月 9 日）。

（1）凡是當姓氏或地名用者，其下皆有「土」旁作「墜」，似沒有例外。

（2）當陳列或軍陳（陣）者則多從「申」旁，如：

2.1《容成氏》簡 53：「武王素甲以申（陳）於殷郊」。

2.2《郭店・性自命出》簡 7：「雁生而戩」。黃德寬、徐在國二先生讀爲「陣」。白於藍先生亦指出：「戩」當讀爲「陥」。從楚簡中的普遍用法來看，「戩」可能就是「陥」之異構。雁生而戩（陥），是說雁生來就會排成陥列。古代有「雁陥」一詞，指排成陥列的雁群。

2.3《曹沫之陳》多見軍陳（陣）寫作「戩」。

（3）《凡物流形》簡 24「氏（是）古（故）陳爲新」，「陳」爲陳舊之意。

可見將「△」解爲軍陳不合楚文字的用字習慣，而且古籍似無「陳于四海」的說法。「△」應分析爲從糸「東」聲，隸作「練」。「東」旁可參：

墜（墜，《昭王毀室》簡 3）、陳（陳，《璽彙》1455）

李家浩先生曾經指出：「戰國文字有在豎畫的頂端左側加一斜畫的情況」，如「陳」作陳（《璽彙》1453），亦作陳（《璽彙》1455）、「匋」作匋（麓伯簋），亦作匋（《古陶文字徵》頁 187）等等。又如「殺」可作殺（《簡大王》07）同簡又作殺；「民」作民（《九店》56.41），又作民（《上博（二）・從政》甲 8）。筆者以爲「練」可讀爲「通」。「東」，端紐東部；「通」，透紐東部，音近可通。《說文》：「鐘或作銅。」可見「東」聲與「甬」聲確實音近可通。又如《郭店・語叢三》41「迵（踊），哀也，三迵（踊），文也。」而古籍亦有【鍾與同】、【童與同】通假的例證，亦可證明「東」、「通」確實可以通假。古籍有「通於四海」的說法：

《荀子・儒效》：「此若義信乎人矣，通於四海，則天下應之如讙。」

《新序·雜事五》：「若義信乎人矣，<u>通於四海</u>，則天下之外，應之而懷之，是何也？」

《穀梁傳·僖公九年》：「天子之宰，<u>通於四海</u>。」

《穀梁傳·僖公三十年》：「天子之宰，<u>通於四海</u>。」

綜合以上，簡文應讀作「起而用之，練（通）於四海」。

心怡案：季師旭昇說法可從。簡文字左半部確實是「東」不從「甫」，關於何以不從「甫」，蘇建洲學長已辨其非。楚系文字「東」字作：

1.包221	2.包224	3.包225	4.包225	5.包243	6.望·1·109
7.望·1·112	8.望·1·113	9.望·1·114	10.望·1·115	11.九店·45	12.九店·53

因此將簡文隸定爲「練」是可以的。至於讀法，季師旭昇指出簡文字與（陳侯因敦《金》）字形同，故可讀爲「申」，伸張也。「申於四海」即「擴展至全天下」。

【4】四海

海，甲本簡 15 作「」、乙本簡 11 作「」形。

原考釋者曹錦炎隸作「洅」，釋爲「海」。四海，泛指天下，中國各處。《爾雅·釋地》：「九夷、八狄、七戎、六蠻謂之四海。」鄭樵注：「此四夷皆際海，故謂之四海。」按古以中國四境有海環繞，各按方位爲「東海」、「南海」、「西海」、「北海」，後以「四海」泛指天下，中國各處。〔註474〕

心怡案：古代認爲中國四周環海，因而稱四方爲「四海」。泛指天下各處。《尚書·禹貢》：「四海會同，六府孔修。」《五代史平話·晉史·卷上》：「皇帝傾國來救敬瑭之急，四海之人，皆服皇帝信義。」

〔註474〕馬承源主編：《上海博物館藏戰國楚竹書（七）》，（上海：上海古籍出版社，2008年12月），頁253。

〔12〕至情而智【1】，戡（察）智而神【2】，戡（察）神而同【3】，[戡（察）同]而僉【4】，戡（察）僉而困【5】，戡（察）困而遲（復）【6】

【1】至情而智

情，簡文甲本簡 15 作 形，乙本簡 17 作 形（下以△代之）。

原考釋者曹錦炎依據乙本補上「戡情而知」。將△字隸作「情」，指實情、眞實之意，如《易·咸》：「觀其所恆，而天地萬物之情可見矣。」《淮南子·繆稱訓》：「凡行戴情，雖過無怨，不戴其情，雖忠來惡。」〔註475〕

李銳將△字釋作「精」，本句釋作「致精而智」，但沒有進一步說明。〔註476〕

廖名春以爲「情」當讀作靜，「至」，達到。「至靜而智」，是說達到靜，做到靜，就會有智。〔註477〕

心怡案：廖名春之說可從。「情」，上古清紐耕部；「靜」，上古從紐耕部。音近可以通假。馬王堆帛書《老子》甲本《道經》：「至虛極也，守情表也。」乙本作「守靜督也。」傳世本爲「守靜篤。」

「至靜而智」所傳達的意思應該與《老子》：「致虛極，守靜篤，萬物並作，吾以觀復」類似。「致虛」就是消除心知的作家，以做心空虛無知；「守靜」爲謂去除欲念的煩擾，以使心安寧靜默。就老子而言，人的心靈本來虛靈靜默，但往往爲私欲所蒙蔽，因而觀物不得其正，行事不得其常，故必須要去「致」去「守」，如此一來便能「萬物並作，吾以觀復」也就是說，既已「致虛極，守靜篤」則能看清楚萬物各種行爲、活動的法則了。「至靜而智」指當人達到了心靈安寧靜默時，智慧便能產生了。

【2】戡（察）智而神

原考釋曹錦炎以爲「智」，讀爲「知」，指「知識」。《荀子·正名》：「所以知之在人者謂之知，知有所合謂之智。」；「神」，指的是「精神」，如《荀子·

〔註475〕馬承源主編：《上海博物館藏戰國楚竹書（七）》，（上海：上海古籍出版社，2008年12月），頁 264。

〔註476〕李銳：〈《凡物流形》釋文新編（稿）〉，清華大學簡帛研究（http://www.confucius2000.com/qhjb/fwlx1.htm，2008年12月31日）。

〔註477〕廖名春：〈《凡物流形》校讀零箚（二）〉，清華大學簡帛研究（http://www.confucius2000.com/qhjb/fwlx4.htm，2008年12月31日）。

天論》：「形具而神生，好惡喜怒哀樂臧焉。」《墨子‧所染》：「不能爲君者傷形費神。」〔註478〕

　　廖名春認爲本句的「識智」即「得智」，也就是「有智」。〔註479〕

　　心怡案：「知」，可釋爲「智」指「智慧」。如揚雄《法言‧問道》：「智也者，知也。」指「獨知事理，不惑於事理，而可以見微著」，如《釋名》：「智，知也，無所不知也。」一個人要達無所不知，必要心智靈明透徹，如《素問‧天元紀大論》曰「道生智」張志聰集注引張兆璜曰：「心之靈明曰智，乃人之神明也。」「神」，指「神奇、玄妙」，如《易‧繫辭上》：「陰陽不測謂之神」韓康伯《注》：「神也者，變化之極，妙萬物而爲言，不可以形詰者也。」。「察智而神」即「明辨瞭解智慧後，就能瞭解萬物變化的神奇玄妙」。

【3】齨（察）神而同

　　原考釋曹錦炎以爲「齨神而同」，句下漏抄「齨（識）同」二字。「同」，指相同、一樣。引《易‧睽》：「天地睽而其事同。」《易‧乾》：「同聲相應，同氣相求」《呂氏春秋‧有始覽‧應同》：「帝者同氣，王者同義。」。〔註480〕

　　李銳隸作同，讀爲「通」，沒有進一步說明〔註481〕。廖名春亦釋作「通」，亦沒有說明。〔註482〕

　　心怡案：同，有齊一之意。《廣韻》：「同，齊也。」《尚書‧舜典》：「協時月正日，同律度量衡。」陸德明《釋文》。「同，或也。」又《國語‧周語》：「其惠足以同其民人。」韋昭《注》：「同，猶一也。」

　　「察神而同」即「明辨瞭解了萬物神奇玄妙之理後，就能瞭解萬物共同的規律」。

〔註478〕馬承源主編：《上海博物館藏戰國楚竹書（七）》，（上海：上海古籍出版社，2008年12月），頁264。

〔註479〕廖名春：〈《凡物流形》校讀零箚（二）〉，清華大學簡帛研究（http://www.confucius2000.com/qhjb/fwlx4.htm，2008年12月31日）。

〔註480〕馬承源主編：《上海博物館藏戰國楚竹書（七）》，（上海：上海古籍出版社，2008年12月），頁264。

〔註481〕李銳：〈《凡物流形》釋文新編（稿）〉，清華大學簡帛研究（http://www.confucius2000.com/qhjb/fwlx1.htm，2008年12月31日）。

〔註482〕廖名春：〈《凡物流形》校讀零箚（二）〉，清華大學簡帛研究（http://www.confucius2000.com/qhjb/fwlx4.htm，2008年12月31日）。

【4】[戠（察）同]而僉

簡文 字，原考釋曹錦炎以爲「僉」，讀爲「險」，「險」從「僉」聲，可以相通。〔註483〕

廖名春以爲「僉」應訓爲「多」：

> 「僉」當訓爲多，過甚。《方言》卷一：「自關而西，秦晉之間，凡人語而過謂之 ，或曰僉。」又卷十二：「僉，劇也。僉，夥也。」《廣雅·釋詁三》：「僉，多也。」「[識通]而僉，識僉而困」即「[得通]而僉，得僉而困」，是說：有了通就會過甚，有了過甚就會有困。〔註484〕

秦樺林以爲「僉」應讀如本字：

> 「戠智而神」，《莊子·天地》：「立於本原而知（智）通於神。」

> 「戠神而同」，《荀子·儒效》：「此其道出乎一。曷謂一？曰：執神而固。曷謂神？曰：盡善挾治之謂神，萬物莫足以傾之之謂固。」

> 僉，當讀如本字，《小爾雅·廣言》：「僉，同也。」

> 此段簡文以「智—神—同—僉—困—復」的順序層層遞進，其中又可分爲三組概念：「智—神」、「同—僉」、「困—復」。

> 「同」、「復」是道家文獻中常見的術語。上博簡《恒（極）先》：「虛靜爲一，若寂寂夢夢，靜同而未有明（萌）。」「天道既載，唯一以猶一，唯復以猶復。」《老子》：「萬物並作，吾以觀其復。夫物云云，各歸其根。歸根曰靜，靜曰覆命。」

> 根據《凡物流形》的簡文，此處的「僉」當是比「同」更進一步的「虛靜爲一」的境界。而「困」與「復」則是一對內容緊密聯繫的哲學觀念。《國語·越語下》：「日困而還，月盈而匡。」韋昭注：「困，窮也。」與《周易·繫辭》「窮則變」類似，簡文

〔註483〕馬承源主編：《上海博物館藏戰國楚竹書（七）》，（上海：上海古籍出版社，2008年12月），頁264。

〔註484〕廖名春：〈《凡物流形》校讀零箚（二）〉，清華大學簡帛研究（http://www.confucius2000.com/qhjb/fwlx4.htm，2008年12月31日）。

「困而復」闡述的是萬物循環變化之理，即下文所謂「百物不死如月」（《天問》：「夜光何德，死則又育？」王逸注：「夜光，月也。育，生也。言月何德於天，死而復生也。一云：言月何德居於天地，死而復生。」）。〔註485〕

　　心怡案：僉，《說文》：「僉，皆也。從亼、從吅，從从。」何琳儀先生認爲「僉」，從「兄」從亼，會皆同之意。亼亦聲。〔註486〕季師旭昇認爲除「亼亦聲」之外，何琳儀說法似較合理。〔註487〕

　　簡文「僉」，應就本字解爲皆、全部。如《尚書·堯典》「僉曰：『於！鯀哉。』」孔穎達《正義》：「僉，皆也。」，引申爲「共同」。「僉同」亦見古籍。《尚書·大禹謨》：「朕志先定，詢謀僉同。」，指一致贊成。在本簡則引申爲「遍、全」之意。「察同而僉」即「明辨、瞭解萬物共同的規律，就能明白萬物生成的普遍原理原則」。

【5】聅（察）僉而困

　　簡文，原考釋曹錦炎釋爲「困」，有盡、極之意。如《論語·堯曰》：「四海困窮，天祿永終。」《國語·越語下》：「日困而還，月盈而匡。」〔註488〕

　　心怡案：「察僉而困」即「明辨瞭解萬物生成的遍普原理，就能瞭解萬物有窮盡困極的時候」。

【6】聅（察）困而遉（復）

　　原考釋曹錦炎以爲簡文「遉」爲「復」字異體，有「返回、還」之意。《說文》：「復，往來也。」《易·泰》：「無往不復。」簡文「困而復」即《國語·越語下》之「困而還」。〔註489〕

〔註485〕秦樺林：〈楚簡《凡物流形》箚記二則〉，武漢大學簡帛網（http://www.bsm.org.cn/show_article.php?id=944，2009 年，1 月 4 日）。

〔註486〕何琳儀：《戰國古文字典》（下），（北京：中華書局，2004 年 9 月），頁 1460。

〔註487〕季師旭昇：《說文新證》（上），（臺北：藝文印書館，2004 年 10 月），頁 437。

〔註488〕馬承源主編：《上海博物館藏戰國楚竹書（七）》，（上海：上海古籍出版社，2008 年 12 月），頁 264

〔註489〕馬承源主編：《上海博物館藏戰國楚竹書（七）》，（上海：上海古籍出版社，2008 年 12 月），頁 264。

　　心怡案：「察困而復」即「明辨瞭解萬物總有窮盡困極的時候，就能夠明白萬物困極之後，能再回復原本清明澄澈的心智狀態」。

　　正如秦樺林所說，本段簡文的「智－神－同－僉－困－復」是一種層層遞進的循環的過程。是故下句緊接著便說「陳爲新，人死復爲人，水復於天」等宇宙萬物生成循環的過程，即《呂氏春秋・大樂》：「陰陽變化，一上一下，合而成章。渾渾沌沌，離而復合，合則復離，是謂天常。」即指天地生成循環的過程。筆者認爲「察情而知，察知而神，察神而同，[察同]而僉，察僉而困，察困而復。」一段，是與「身心修養」較有關係，如《荀子・不苟》：「誠心守仁則形，形則神，神則能化矣；誠心行義則理，理則明，明則能變矣。變化代興，謂之天德。」即對於內心的涵養必須是不間斷，永無止境，就如天地萬物運行的規律一般。

　　〔13〕**是故陳爲新，人死逡（復）爲人，水逡（復）【簡24】於天咸**

　　本句所要討論的重點是「　（咸）」字的考釋。目前學者對於此字有屬上讀、屬下讀不同的看法，而隸定則有「咸」、「凡」、「式」三種隸定；茲分別敘如下：

　　1、隸作「咸」，屬上讀：

　　原考釋者曹錦炎直接將「　」隸定作「咸」，簡文「天　」釋作「天咸」，是「天一」的異稱也就是「太一」。簡文之「太一」即《爾雅》所指的「北辰」，即北極之神，而按五行觀念北方屬水，水爲「天一」所生，所以簡文謂「水逡於天咸（一）」。〔註490〕復旦讀書會〔註491〕、王中江〔註492〕亦將此字歸爲上讀。

　　陳峻誌認爲簡文作「咸」，屬上讀，但對於曹錦炎提出「天咸」即「天一」

〔註490〕馬承源主編：《上海博物館藏戰國楚竹書（七）》，（上海：上海古籍出版社，2008年12月），頁265。

〔註491〕復旦大學出土文獻與古文字研究中心研究生讀書會：《〈上博（七）凡物流形〉重編釋文》，復旦大學出土文獻與古文字研究中心（http://www.gwz.fudan.edu.cn/SrcShow.asp?Src_ID=581，2008年12月31日）。

〔註492〕

的看法提出質疑，認爲「天咸」應是「咸池」異稱：

　　　　然而且先不論自古沒有將太一或天一稱爲天咸的紀錄，單從文
　　字的形、音、義也都無法將「天咸」與「天一」勾連起來。

　　　　《凡物流行》這段文字講的是萬物的「回歸性」，舊的會成新
　　的、人死會再爲人、水會回到天咸，並歸結出萬物會像月亮的缺了
　　又圓一般生生不滅。這與《太一生水》的創生觀似乎是不同的，因
　　此將兩者相互比擬有其差異性。

　　　　此處「天咸」或許是「咸池」的異名。

　　　　《淮南子·天文訓》：又說：「日出於暘谷，浴於咸池。」《九
　　歌·大司命》：「與女沐兮咸池」可見古人曾想像咸池是可以沐浴的
　　水池，因此王逸注〈大司命〉曰：「咸池，星名，蓋天池也。一作
　　咸之池。」另外，《開元占經·咸池星占七十三》：「咸池星曰天五
　　潢，一名天津，一名潢池，一名天井，一名天淵，豐際太陰。」又
　　引郗萌曰：「咸池者，天子名池也。」《天文訓》又說：「咸池者，
　　水魚之圃也。」這說明古人想像咸池星猶如是天上的水池（天潢）、
　　天上的渡口（天津）、天上的水井、天上的水潭、天上的魚池……，
　　總之「咸池」與「水」有極密切的關係。〔註493〕

2、釋作「弌」

　　凡國棟認爲簡文「」從「戌」，戈形比較明顯，與「凡」字寫法不同，
反而與董珊先生釋爲「弌日」合文的字較類似：

　　　　該字明顯是從「戌」，「戈」形比較明顯，與「凡」字寫法不同。
　　郭店楚簡《緇衣》3、5號簡「咸有一德」之「咸」寫作「」、「」。
　　可見該字釋作「咸」是有根據的，不過這裡釋爲「咸」的話句意較
　　難解釋。整理者將「天咸」視爲「天一」的異稱，其主要出發點是
　　郭店楚簡《太一生水》的簡文。這個意見有一定的道理，因爲「咸」
　　與「一」在字義上關聯性很強。

〔註493〕陳峻誌：〈《凡物流行》之「天咸」即「咸池」考〉，武漢大學簡帛網（http://www.bsm.
　　　　org.cn/show_article.php?id=1002，2009 年 3 月 14 日）。

不過從字形上來看，這個「戚」字的構形與董珊先生釋爲「弋日」合文的字（見下圖）比較類似，不過「戚」字不能類推視作是「弋口」 的合文，合理的解釋是將「口」看作在「弋」上增加的部件；因此這個「戚」字也不排除直接釋爲「弋」字的可能。楚簡的「弋」字一般寫作「」（郭店《緇衣》「其儀一也」），但也有寫作「」（上博《恒先》「盧清爲一」）的。因此這個暫釋爲「戚」的字很可能是在「弋」字基礎上的分化字，而甲骨文中就已經出現的從戌從口「會斧鉞殺戮之意」的「戚」字實際上是「㦰」（滅）字的初文，它們應該是同形的不同字。只是後來「殺滅」之義由「㦰」（滅）字來承擔，這樣由「弋」字基礎上分化出的「戚」字遂變與該字合流，如此看來二者在字義上的密切關係當來源於此。不過這個意見暫時還只能算作一個猜想，有關字形的續過程尚有待進一步的論證。

若上述假設成立，那麼簡文中的「天戚」似乎應徑釋作「天弋（一）」簡文該段論述萬物變化終而復始的道理，陳舊復變爲新，人死復變爲人，水復爲天一，而據郭店楚簡《太一生水》中有關「太一」的論述：

太一生水，水反輔太一，是以成天。天反輔太一，是以成地。……是故太一藏於水，行於時，周而又始，以己爲萬物母。

據簡文可知太一是萬物之母，水由此而生，並因此而生成天地四時。因此水復爲天一的結果，仍然是再由天一來生水，這樣方才符合萬物循環、終而復始的週期性過程。

不過鑑於「弋」的釋讀仍然存疑，之前我們曾有另一攷慮，現亦簡述如下，供大家參攷。

天戚恐怕與咸池有關。咸池古有多意，其一說爲古代神話中謂日浴之處。《淮南子·天文訓》：「日出於暘谷，浴於咸池。」《楚辭·離騷》：「飲余馬於咸池兮，總余轡乎扶桑。」《楚辭·九歌》：「與女遊兮九河，衝風至兮水揚波。與女沐兮咸池，晞女髮兮陽之阿。」

《離騷》、《九歌》均爲屈原作品，與本篇的時代地域極爲接近，特
別是整理者已經指出本篇與屈原的《天問》有異曲同工之妙，由此
不難想見當時楚人對「咸池」的認識，既可飲馬，又可沐浴，楚人
想必是將「咸池」視作天上之水，而簡文所云「水復於天咸」想必
是說水重新歸復到天上之咸池。〔註494〕

3、釋作「坎」：

宋華強認爲「咸」當讀爲「坎」：

> 字釋「咸」無誤。不過認爲「天咸」是「天一」的異稱，以
> 及「天咸」與「咸池」有關，都沒有確證。我們這裡提出另一種
> 釋讀可能，疑「咸」當讀爲「坎」。「咸」屬匣母侵部，「坎」屬溪
> 母談部，聲母都是喉牙音，韻部旁轉。《周易》卦名之「咸」，上
> 海博物館竹書本都寫作「欽」，而「欽」與「坎」相通，是其証。
> 「坎」即坑坎，《周易》卦象「坎」與水有關，《說卦》「坎爲水，
> 爲溝瀆」。《國語·晉語四》亦云：「坎，水也。」「天坎」之「天」
> 大概是爲了使「坎」神秘化，猶謂神奇的大坎。大概上古有人以
> 「天坎」爲萬水之源，故云「水復於天坎」。明萬民英《星學大成》
> 卷十五《火星論》：「（熒惑星）入逆段號『天坎星』，主瘟疫。」
> 此「天坎星」之名，不知與簡文「天坎」是否有淵源關係。〔註495〕

4、釋作「咸」，屬下讀：

李銳隸定作「咸」歸爲下讀，簡文斷句爲：「咸百物不死，如月」。〔註496〕

5、釋作「凡」，屬下讀：

何有祖認爲此字應讀爲「凡」，屬下讀。〔註497〕陳志向〔註498〕、張崇禮〔註499〕

〔註494〕凡國棟：〈上博七《凡物流形》簡25「天弍」試解〉，武漢大學簡帛網（http://www.bsm.
org.cn/show_article.php?id=953，2009年1月5日）。

〔註495〕宋華強：〈《凡物流形》零箋〉，武漢大學簡帛網（http://www.bsm.
org.cn/show_article.php?id=1137，2009年8月29日）。

〔註496〕李銳：〈《凡物流形》釋文新編（稿）〉，清華大學簡帛研究（http://www.confucius
2000.com/qhjb/fwlx1.htm，2008年12月31日）。

〔註497〕何有祖：〈《凡物流形》箚記〉，武漢大學簡帛網（http://www.bsm.org.cn/show_article.

皆釋爲「凡」，將此字歸爲下讀。

　　心怡案：首先針對字形問題作討論，簡文甲本簡 25 作 形，乙本簡 18 作 形，學者有「咸」、「凡」、「弌」三種說法，茲將字形列表如下：

【從咸之字】

1.璽彙 0182	2.集粹	3.陶彙 5・156	4.雲夢・秦律 28
	〔註 500〕		
5.郭店・緇衣 5	6.信 1・054	7.上博一・緇衣・1	8.上博一・緇衣・3

　　由上表可知「咸」字字形可分二形：

　　其一爲「從戌從口」，如字例 1-6；其二爲「從戉從口」，如字例 7-8。

　　經由上列字形來看，簡文甲本簡 25「」、乙本簡 18「」的右半部件的確實形似「戈」形，而與「凡」由「（凡）」增繁飾筆而成，如 （郭店・性情論 5）、（上博二・從甲 9）（上博七・凡乙 1）等寫法，字形差異較大。

　　其次「從弌」之字，楚文字作：（郭店・緇・17）、（郭店・緇・39）、（郭店・窮・14）、（郭店・性・9）、（郭店・六・39）、（郭店・六・40）、（郭店・六・43）等形，其字體非常固定，與簡文 字對照來看，則少了左半部的一長撇。

　　將「天咸」釋爲「天坎」是很好的思路，宋華強認爲「坎主水」，如《易・

php?id=925，2008 年 12 月 31 日）。

〔註 498〕陳志向：〈《凡物流形》韻讀〉，復旦大學出土文獻與古文字研究中心（http://www.gwz.fudan.edu.cn/SrcShow.asp?Src_ID=645，2009 年 1 月 1 日）。

〔註 499〕張崇禮：〈《凡物流形》新編釋文〉，復旦大學出土文獻與古文字研究中心（http://www.gwz.fudan.edu.cn/SrcShow.asp?Src_ID=730，2009 年 3 月 20 日）。

〔註 500〕此摹本出處爲滕壬生：《楚系簡帛文字編》（增訂本），（武漢：湖北教育出版社），2008 年 10 月，頁 112。

比卦》:「有孚盈缶，終來有它吉。」王先謙《補注》:「比卦，坤下坎上。坤為土，缶之象也。坎為水，雨之象也。坎在坤上，故曰甘雨滿我之缶。」但「坎」，只是象徵「雨」，並無涵蓄雨水之意，因此本文認為所論之字，當釋為「咸」，「天咸」，指的應是「咸池」。陳峻誌指出：

> 《淮南子·天文訓》:又說:「日出於暘谷，浴於咸池。」《九
> 歌·大司命》:「與女沐兮咸池」可見古人曾想像咸池是可以沐浴
> 的水池，因此王逸注〈大司命〉曰:「咸池，星名，蓋天池也。一
> 作咸之池。」另外，《開元占經·咸池星占七十三》:「咸池星曰天
> 五潢，一名天津，一名潢池，一名天井，一名天淵，豐際太陰。」
> 又引郗萌曰:「咸池者，天子名池也。」……
>
> 《開元占經·咸池星占七十三》引郗萌曰:「咸池者，五車中星
> 也，非其故國旱。……咸池不足，津河道不通。」是天下之水出自
> 咸池，咸池之水不足將導致旱災。宋均云:「咸池，取池水灌注生物
> 以為名也。」是則咸池不光是天下之水的來源，還是生命的灌注者，
> 與《凡物流行》旨意中的生生不滅，似有聯繫：由於咸池灌注生命
> 之水，因此生命之水在生物死後也將重新回到咸池。

「水」，在道家描述道體或未有天地之前宇宙生成過程時，常常以此為喻，如《文子·道原》:

> 「夫道者，高不可極，深不可測，苞裹天地，稟受無形，源流
> 沄沄，沖而不盈。」

又《淮南子·俶眞》:

> 「有未始有夫未始有有無者，天地未剖，陰陽未判，四時未分，
> 萬物未生，汪然平靜，寂然清澄，莫見其澄。」

其中「源流沄沄，沖而不盈」，以水流不止，能漸盈滿喻「道」;「汪然平靜、寂然清澄」，是對「水」的描述，說明宇宙如一汪汪大水。〔註501〕

因此在本簡簡文「天咸」可視作「咸池」，透過咸池灌注生命之水，來形成

〔註501〕朱心怡:《天之道與人之道——郭店楚簡儒道思想研究》，(臺北:文津出版社，2004年5月)，頁74～76。

迴環往復的生命運行週期。

　　本句在說明萬物運行具有循其往復的規律性，與道家所主張的「復」意義相當。在《郭店楚簡‧老子》甲本中說到「萬勿（物）方（旁）复（作），居以須復也。天道員員，各復其堇（根）。」〔註502〕以萬物歸根覆命，具體說明道「返」的規律。即說明萬物的「回歸性」，舊的會成新的、人死會再爲人、水會回到天咸，並歸結出萬物會像月亮的缺了又圓一般生生不滅。〔註503〕「是故陳爲新，人死復爲人，水復於天」即「陳舊的事物會復返爲新，人死後會復返再成爲人，而水由天降下，最後會再復返回天上的咸池」。

〔14〕百勿（物）不死女（如）月【1】，出則【2】或入，終則或詒（始）【3】，至則或反（返）。

【1】百物不死女（如）月

　　上文已說明「天道運行」是迴環往復，故萬物得以生生不息，故在此簡文便以月亮爲喻，說明月亮的陰晴圓缺，其實也是一種運行的規律。「百物不死如月」即「萬物隨天道運行迴環往復，就如月亮由圓而缺，由缺而圓的規律」。以下「出則或入、終則或始、至則或反」均在說明「復」的概念。

【2】出惻（則）或入

　　本句主要討論「出」、「則」二個字

　　首先討論「出」字：甲本簡 25 作 形、乙本簡 18 作「 」，原考釋者曹錦炎隸定爲「此」。〔註504〕

　　復旦讀書會〔註505〕、李銳〔註506〕、吳國源〔註507〕以爲此字當釋作「出」。

〔註502〕荊門市博物館主編：《郭店楚墓竹簡》，（北京，文物出版社，1998 年），頁 112。

〔註503〕陳峻誌：〈《凡物流行》之「天咸」即「咸池」考〉，（武漢大學簡帛網，http://www.bsm. org.cn/show_article.php?id=1002，2009 年 3 月 14 日）。

〔註504〕馬承源主編：《上海博物館藏戰國楚竹書（七）》，（上海：上海古籍出版社，2008 年 12 月），頁 266。

〔註505〕復旦大學出土文獻與古文字研究中心研究生讀書會：〈《上博（七）凡物流形》重編釋文〉，復旦大學出土文獻與古文字研究中心（http://www.gwz.fudan.edu.cn/Src Show.asp?Src_ID=581，2008 年 12 月 31 日）。

〔註506〕李銳：〈《凡物流形》釋文新編（稿）〉，清華大學簡帛研究（http://www.confucius

心怡案：簡文 字，當釋爲「出」，釋爲「此」不正確。「此」字楚系文字作：

（曾・207）、（包・139背）、（郭・老甲・11）、

（郭・太・7）（郭・成・33）、（上博一・孔・1）、

（上博一・緇・10）、（上博二・魯・3）、（上博四・柬・10）、

逡（上博五・競・8）、（上博六・孔；13）

皆與簡文「」差異頗大。尤其「此」所從「匕」形通常作「」、「」形。

出，《說文》：「進也。象草木益滋上出達也。」甲骨文作（菁4・1）、（粹366），金文作（頌壺）、（克鼎）。甲、金文早期字形從止，從凵，有外出之意。凵形或作「口」形，至西周晚期克鼎「凵」形移至右下側寫，此字形訛變之始。至秦石鼓文作形，「凵」形訛變益甚，可以看到說文小篆（）訛形的出處。《說文》據訛形釋爲「象草木益滋上出達也」，不可信。〔註508〕「出」字楚系寫法約可分爲四類：

A類：凵形趨於平緩的弧形，如：

（包山・18）　　（包山・226）

（九店・56・30）　　（帛書乙）

B類：凵形爲一平緩的弧形，止形訛爲「屮」形，如：

（包山・228）　　（郭店・尊德・30）

C類：從凵，從止，如：

（郭店・語叢1・19）　　（郭店・唐虞27）

（郭店・性自15）。

2000.com/qhjb/fwlx1.htm，2008年12月31日）。

〔註507〕吳國源：〈《上博（七）凡物流形》零釋〉，清華大學簡帛研究（http://www.confucius 2000.com/qhjb/fwlx5.htm，2009年1月1日）。

〔註508〕季師旭昇：《說文新證》（上），（臺北：藝文印書館），2004年10，頁501。

D 類：凵形訛爲「」形，如：

（上博一・性・8）　　（上博二・從甲・16）

（新蔡・甲 2・28）　　　（新蔡・甲 3・112）

簡文甲本簡 25　、乙本簡 18　的字形應是屬於 D 類字形的寫法，除此之外〈凡物流形〉的「此」形作　（上博七・凡甲・20）、　（上博七・凡甲・25）、　（上博七・凡甲・28）、　（上博七・凡乙・18）、　（上博七・凡乙・20），與甲本簡 25　、乙本簡 18　的字形不同，因此將簡文釋爲「出」，正確可從。

其次討論「惻（則）」字：簡文　字，原考釋者曹錦炎隸作「惻」，讀爲「賊」，有破壞之意。〔註509〕

復旦讀書會〔註510〕、李銳〔註511〕隸作「惻」，讀爲「則」；吳國源以爲原考釋者曹錦炎釋作「賊」，不可從，當讀爲「則」。〔註512〕

心怡案：簡文此字當讀爲「則」。從簡文來看，此句爲：「出則或入，終則或始，至則或反。」是一非常整齊的「○則或○」的句式，利用這樣的句式，來說明萬物反覆循環的道理。

【3】終則或聰（始）

本句主要討論「始」字，甲本簡 25 作形、乙本簡 18 作「」

〔註509〕馬承源主編：《上海博物館藏戰國楚竹書（七）》，（上海：上海古籍出版社，2008 年 12 月），頁 266。

〔註510〕復旦大學出土文獻與古文字研究中心研究生讀書會：〈《上博（七）凡物流形》重編釋文〉，復旦大學出土文獻與古文字研究中心（http://www.gwz.fudan.edu.cn/Src Show.asp?Src_ID=581，2008 年 12 月 31 日）。

〔註511〕李銳：〈《凡物流形》釋文新編（稿）〉，清華大學簡帛研究（http://www.confucius 2000.com/qhjb/fwlx1.htm，2008 年 12 月 31 日）。

〔註512〕吳國源：〈《上博（七）凡物流形》零釋〉，清華大學簡帛研究（http://www.confucius 2000.com/qhjb/fwlx5.htm，2009 年 1 月 1 日）。

原考釋者曹錦炎指出左從「言」旁，右側所從構形不明，待考。〔註513〕

復旦讀書會隸定作詞，讀爲「始」。〔註514〕

李銳直接釋爲「始」。〔註515〕

吳國源隸作「𧦤」，讀爲「始」：

　　□：對照甲、乙本看，字形從「言」、從「㇆」，從「子」，與《上博（四）·柬大王泊旱》「詞」、「詞」的字形幾乎相同（除了從「子」外），可以進一步看作從「詞」、從「子」；又與第3簡「恖」構形相近。「恖」原釋文讀爲「始」甚確。從上下文看，此處也當讀爲「始」，文從字順。「司」「始」聲近韻同，可通。「司」「子」聲近韻同，疑爲雙聲符。〔註516〕

心怡案：甲本簡25作▨形、乙本簡18作「▨」（下以△代之），此二字左旁爲「言」形，是沒有疑問的，眞正啓人疑竇的是右半部件究竟爲何？由甲本簡25▨字形來看，右上半構形非常怪異，但對照乙本簡18▨來看，右上部可以看成是「㠯」形（楚簡常見的「厶」、「㇆」合文的兩聲字），誠如吳國源所說乙本簡18的右上半部件確實是與《上博四·柬大王泊旱》簡14▨極爲類似；其右下半部件與乙本簡18字形是有差異的，由於乙本簡文殘泐，筆畫不易判定，但右下半部件是否爲「子」形的說法，似有可商。楚系文字從「子」之字作：

〔註513〕馬承源主編：《上海博物館藏戰國楚竹書（七）》，（上海：上海古籍出版社，2008年12月），頁266。

〔註514〕復旦大學出土文獻與古文字研究中心研究生讀書會：〈《上博（七）凡物流形》重編釋文〉，復旦大學出土文獻與古文字研究中心（http://www.gwz.fudan.edu.cn/SrcShow.asp?Src_ID=581，2008年12月31日）。

〔註515〕李銳：〈《凡物流形》釋文新編（稿）〉，清華大學簡帛研究（http://www.confucius2000.com/qhjb/fwlx1.htm，2008年12月31日）。

〔註516〕吳國源：〈《上博（七）凡物流形》零釋〉，清華大學簡帛研究（http://www.confucius2000.com/qhjb/fwlx5.htm，2009年1月1日）。

（曾・175/子）、（郭店・六・42/子）、（上博二・子・1/子）、

（郭店・六・42/君）、（郭店・語一・8/好），上列諸字形，「子」字構形

與簡文甲本簡 25 右下其實是不同的，其「子」形的豎筆是向右邊彎曲；而楚系

文字的「子」形的豎筆則是向左彎，未見向右彎曲。相較而言，楚系從「心」

之字作：（郭店・老乙・6/寵）、（郭店・緇衣・6/慾）、（郭店・五

行・10/惄），則與簡文△字寫法較爲相似。復旦讀書會、李銳、吳國源均指

出乙本簡 3 有個始字作形，與簡 18 對照來看應該就是同一字。故隸定爲

「慇」，讀爲「始」。

〔15〕叡（察）此言，起於一耑（端）。

　　顧史考認爲此句爲一段結束語，若察其所自起，皆起於一端，亦即皆起於

「一」的概念。又疑「耑」可能爲「之言」（或「者焉」）的合音。〔註 517〕

三、小　結

　　本章著重三個重點：一、聖人處無爲，則天下無不爲；二、對於「心」的

習養；三、天道「復」的觀念，分別敘述如下：

　　一、聖人處無爲：本章先泛論聖人（或君王）對於道的體現運用在人事

上　無爲而無不爲，簡文云：「叡（察）道，坐不下筶（席）；耑（端）曼（冕）

【凡甲 14】書（圖）不與事〔2〕，先知四海，至聽千里，達見百里。〔3〕是

故聖人尻（處）於其所，邦豪（家）之【凡甲 16】磋（危）伖（安）存亡，

惻（賊）慂（盜）之复（作），可先知。」

　　二、聖人對於「心」的習養：「心」即是引動「性」的主體，又對人道起

主要的作用，是會通人的自然本性與社會道德性的關鍵，故「心」的習養就

是修身成德的首要工作。〔註 518〕簡文針對「心」的習養與否，來說明其產生

〔註 517〕顧史考：〈上博七〈凡物流形〉下半篇試解〉，復旦大學出土文獻與古文字研究中
　　　　　心（http://www.gwz.fudan.edu.cn/srcshow.asp?src_id=876，2009 年 8 月 24 日）。

〔註 518〕朱心怡：《天之道與人之道——郭店楚簡儒道思想研究》，（臺北：文津出版社，2004
　　　　　年 5 月），頁 101。

的後果與影響，如簡文云：「心不勅（勝）心，大亂乃作；心如能勅（勝）心，是謂小徹。奚（奚）謂小徹？人白爲戩（察）。奚（奚）以知其白？冬（終）身自若。能寡言，虘（吾）能鼠（一）虘（吾），夫此之謂省（小）成。

曰：百眚（姓）之所貴唯君，君之所貴唯心，心之所貴唯鼠（一）。尋（得）而解之，上方（賓）於天，下番（蟠）於淵。坐而思之，誨（謀）於千里；記（起）而用之，練（申）於四海。」

三、道體「復」的觀念：《老子》：「返也者，道之動」，說明了「道」的運動具有循環往復的規律性，簡文運用了一系列的層遞句型，將道體「返」的規律呈現。簡文說：「至情而智戩（察）智而神，戩（察）神而同，[戩（察）同]而僉，戩（察）僉而困，戩（察）困而遉（復）。是故陳爲新，人死遉（復）爲人，水遉（復）於天咸。百勿（物）不死女（如）月，出惻（則）或入，冬（終）則或詞（始），至則或反（返）。戩（察）此言，記（起）於一耑（端）。」

第四節　「守一」章文字考釋

壹、釋　文

翻（聞）之曰：一生兩，兩生厽（參），晶厽（參）生女（母），女（母）成結。〔1〕是故有一，天下無不有；無一，天下亦無一有。〔2〕無【簡21】[目]而知名，無耳而翻（聞）聲。〔3〕草木尋（得）之以生，禽獸尋（得）之以鳴。〔4〕遠之矢【簡 13A】天，近之矢人，〔5〕是故【簡12B】戩（察）道，所以攸（修）身而詞（治）邦豪（家）。〔6〕

翻（聞）之曰：能戩（察）鼠（一），則百勿（物）不遊（失）；女（如）不能戩（察）鼠（一），則【簡22】百勿（物）鼻（具）遊（失）。〔7〕如欲戩（察）鼠（一），卬（仰）而視之，佝（俯）而癸（揆）之，毋遠求尼（度），於身旨（稽）之。〔8〕尋（得）一[而]【簡23】惷（圖）之，女（如）併天下而虞（捏）之；〔9〕尋（得）鼠（一）而思之，若併天下而詞（治）之。〔10〕守鼠（一）以爲天地旨。〔11〕【簡17】是故鼠（一），咀之有味，敼（嗅）[之有臭]，鼓之有聲，忢（近）之可見，操之可操，搡（握）之則遊（失），敗之則【簡19】槁，賊之則滅。〔12〕

戳（察）此言，起於一耑（端）。

　　訊（聞）之曰：鼠-（一）言而力不窮，鼠-（一）言而有衆；【簡20】鼠-（一）言而萬民之利，鼠-（一）言而爲天地旨。〔13〕捒（握）之不涅（盈）捒（握），專（敷）之無所斳（容）〔14〕。大【簡29】之以知天下，小之以訋（治）邦。【簡30】

貳、文字考釋

〔1〕訊（聞）之曰：一生兩【1】，兩生厽（參），厽（參）生女（母）【2】，女（母）成結【3】。

　　此句原考釋者曹錦炎讀爲「貌生惡，惡生參，參生弔成結。」〔註519〕句式與《老子》：「道生一，一生二，二生三，三生萬物」類似，唯簡文「參生女，女成結」非常難以理解，以下就有問題的字形先行討論，再來探討「參生女，女成結」究竟所指爲何。

【1】兩

　　兩，簡文甲本簡21作 、乙本簡18作 ，字形殘泐，不易辨識。甲本簡21字形，原考釋者曹錦炎隸定爲「亞」，讀爲「惡」〔註520〕；乙本簡18字形則隸定爲「厚」。〔註521〕

　　復旦讀書會隸定作「兩」。〔註522〕

　　李銳認爲整理者認爲乙本簡18最末爲「一生厚」，所據影本最末一字不清

〔註519〕馬承源主編：《上海博物館藏戰國楚竹書（七）》，（上海：上海古籍出版社，2008年12月），頁260。

〔註520〕馬承源主編：《上海博物館藏戰國楚竹書（七）》，（上海：上海古籍出版社，2008年12月），頁260。

〔註521〕馬承源主編：《上海博物館藏戰國楚竹書（七）》，（上海：上海古籍出版社，2008年12月），頁282。

〔註522〕復旦大學出土文獻與古文字研究中心研究生讀書會：〈《上博（七）凡物流形》重編釋文〉，復旦大學出土文獻與古文字研究中心（http://www.gwz.fudan.edu.cn/SrcShow.asp?Src_ID=581，2008年12月31日）。

晰，疑爲「一生兩」。〔註523〕

心怡案：兩，西周金文作 （宅簋），象車衡縛雙軛之形，亦有作 （中山王響兆域圖），戰國文字承襲兩周金文，楚系文字「兩」字作：

1.郭店・語叢四・20	2.上博一・孔・14	3.上博二・容・38	4.包山・111	5.包山・115
6.包山・119	7.包山・145	8.包山・145	9.包山・237	10.望山・6
11.望山・9	12.信陽・2・2	13.信陽・2・2	14. 信陽・2・28	15.曾・43

由上表可知，「兩」字其中間像兩個「入」，筆勢多有變異，如字例1、2、11、15。或在中間豎筆上加兩橫或三橫爲飾，如字例7、9。據甲本21簡文字形，與字例3相似，應該就是「兩」字無誤。

【2】女

簡文甲本簡21作 形（下以△代之）。

原考釋者曹錦炎隸爲「弔」，其意爲「善」。〔註524〕

復旦讀書會隸定爲「女」，括注疑讀爲「母」。〔註525〕秦樺林在復旦讀書會的基礎上，進一步的認爲簡文 字，應讀爲「母」字，「母」即「生成萬物的根源」。〔註526〕

〔註523〕李銳：〈《凡物流形》釋文新編（稿）〉，清華大學簡帛研究（http://www.confucius 2000.com/qhjb/fwlx1.htm，2008年12月31日）。

〔註524〕馬承源主編：《上海博物館藏戰國楚竹書（七）》，（上海：上海古籍出版社，2008 年12月），頁261。

〔註525〕復旦大學出土文獻與古文字研究中心研究生讀書會：〈《上博（七）凡物流形》重 編釋文〉，復旦大學出土文獻與古文字研究中心（http://www.gwz.fudan.edu.cn/Src Show.asp?Src_ID=581，2008年12月31日）。

〔註526〕秦樺林：〈《凡物流形》第二十一簡試解〉，復旦大學出土文獻與古文字研究中心

沈培釋爲「四」，未有說明，[註527] 但在秦樺林〈《凡物流形》第二十一簡試解〉一文下的學者評論以暱稱「水土」留言發表簡文此字應是書手錯抄寫成「女」字：

> 因爲從文意上考量「女成結」是難以通讀的。「一生二，二生三，三生四，四成結」是一個循環往復的概念，至「四」成爲一個終結，然後又從「一」開始循環，就像一年有四時不斷循環往復一樣。《春秋繁露》說「官制象天」，說「四選而止，儀於四時而終也」。[註528]

李銳 [註529]、曹峰 [註530] 皆同意簡文爲「四」之訛。

顧史考將「女」讀爲「庶」，意爲萬事庶物。[註531]

心怡案：首先原考釋將簡文甲本簡 21 ￼字（下以△代之），隸定爲「弔」，可商。《說文》：「弔，問終也。從人弓，古之葬者厚衣之以薪，故人持弓會歐禽也。弓蓋往復弔問之意。」甲文作 ￼（甲·1870），西周金文作 ￼（陵弔鼎）。楚系簡帛文字目前僅見於偏旁，有作 ￼（郭店·緇·29）、 ￼（天策），字形承甲、金文，上部變化與「它」相似。與△字字形上相差甚大，因此將此字隸定爲「弔」的說法得以先排除。

其次將△字，隸作「女」，讀爲「母」。從字形上看確實是「女」字。「女」，楚系文字作 ￼（郭店·老甲·11）、 ￼（郭店·性·25）、 ￼（上博一·孔·5）

（http://www.guwenzi.com/SrcShow.asp?Src_ID=642，2009 年 1 月 9 日）。

[註527] 沈培：〈略說《上博（七）》新見的「一」字〉，復旦大學出土文獻與古文字研究中心（http://www.gwz.fudan.edu.cn/SrcShow.asp?Src_ID=582，2008 年 12 月 31 日）。

[註528] 見復旦大學出土文獻與古文字研究中心（http://www.guwenzi.com/SrcShow.asp?Src_ID=642，2009 年 1 月 9 日）的學者評論，暱稱爲「水土」。

[註529] 李銳：〈《凡物流形》釋文新編（稿）〉，清華大學簡帛研究（http://www.confucius2000.com/qhjb/fwlx1.htm，2008 年 12 月 31 日）。

[註530] 曹峰：〈上博楚簡《凡物流形》「四成結」試解〉，清華大學簡帛研究（http://jianbo.sdu.edu.cn/admin3/2009/caofeng004.htm，2009 年 8 月 21 日）。

[註531] 顧史考：〈上博七〈凡物流形〉下半篇試解〉，復旦大學出土文獻與古文字研究中心（http://www.gwz.fudan.edu.cn/srcshow.asp?src_id=876，2009 年 8 月 24 日）。

等形，在〈凡物流形〉甲、乙二篇，亦多次出現女字，作：

（甲 7）、　（甲 9）、　（甲 17）、　（甲 22）、

（甲 23）、　（甲 23）、　（甲 25）、　（甲 26）、

（乙 6）、　（乙 7）、　（乙 15）、　（乙 15）、

（乙 15）、　（乙 18）、　（乙 19）

字體因書手書寫習慣而稍有不同，但仍不脫「女」字基本構字，尤其△字與〈凡物流形〉中的　（甲 17）、　（甲 22）、　（甲 23）、　（甲 23）等字形相同，據此，將　隸定為「女」是沒有問題的。

第三，沈培、李銳將△字隸定為「四」，「四」楚文字作：

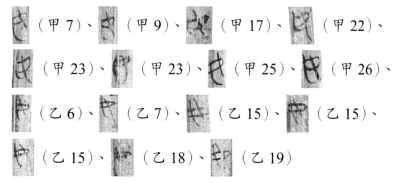

1.郭店・老子甲・9	2.郭店・太一・2	3.郭店・窮達・10	郭店・唐・6	郭店・性自・9
上博一・孔・14	信陽・2・2・24	上博七・凡甲・15	上博七・凡甲・16	上博七・凡乙・11

由上表看來，「四」字在戰國時期字形約可分為五類：

A、積四橫畫，如字例 4 作　」形。

B、作「四」形，如字例 6 作　形、字例 7 作　形。

C、於〇中加八形，且八形下半穿過〇形，如字例 1 作　形。

D、於〇中加八形，八形分別穿過〇上下，如字例 3 作　形。

E、於〇中加井形，如字例 5 作　形。

△字，與上述五類字形均不類，因此將△字釋作「四」或以為將「女」誤寫為「四」的說法，不可從。就字形上來看，確實為「女」字當無可疑。

【3】結

結，簡文甲本簡 21 作　形，乙本簡文殘。

原考釋者曹錦炎釋「結」爲結束、終了。〔註532〕

秦樺林將「結」解爲「聚合、凝聚」之意。〔註533〕

心怡案：甲本簡 21 ▨ 字原考釋者隸定爲「結」，可從。但解釋則從秦樺林釋爲「聚合、凝聚」之意較爲可行。天道循環，迴環返復，因此若將「結」視爲「結束、終了」，則無法呼應上一節「陳爲新，人死復爲人，水復於天」、「出則或入、終則或始、至則或反」二句所呈現的循環現象。本句「一生二，二生三，三成女，女成結」之下一句爲「是故有一，天下無不有；無一，天下亦無一有」說明透過「一」，則能生成萬物。《郭店·太一生水》中提到：「大（太）一生水，水反補（輔）大（太）一，是以成天。天反補（輔）大（太）一，是以成陞（地）。天□（地）□□□也，是以成神明。神明復相補（輔）也，是以成会（陰）易（陽）。会（陰）易（陽）復相補（輔）也，是以成四時。四時復相補（輔）也，是以成倉（滄）然（熱）。倉（滄）然（熱）復相補（輔）也，是以成溼澡（燥）。溼澡（燥）復相補（輔）也，成散（歲）而止。……」可知「一」爲宇宙根本，爲「萬物母」、「萬物經」〔註534〕。而其中「成散（歲）而止」，並非只是奠基在日月星辰運行法則上的一種曆法概念，而是涵蓋萬物生長興滅的一個廣義指涉。〔註535〕因此在本簡應將「結」釋爲「凝聚、聚合」之義，與《老子》「一生二、二生三，三生萬物」之義理才可相合。

以上是針對字形的討論，接著我們要探討「三生女（母），女（母）成結」的意涵。

目前針對本句所呈現的思想有探討者，茲列於下：

秦樺林釋爲「三生母」：

〔註532〕馬承源主編：《上海博物館藏戰國楚竹書（七）》，（上海：上海古籍出版社，2008年12月），頁261。

〔註533〕秦樺林：〈《凡物流形》第二十一簡試解〉，復旦大學出土文獻與古文字研究中心（http://www.guwenzi.com/SrcShow.asp?Src_ID=642，2009年1月9日）。

〔註534〕陶磊：《《太一生水》發微》，《古墓新知》，（臺北：台灣古籍出版社，2002年5月），頁28。

〔註535〕朱心怡：《天之道與人之道——郭店楚簡儒道思想研究》，（臺北：文津出版社，2004年5月），頁66。

「母」是一個道家文獻中常見的哲學概念，如《老子》：「無名，天地始：有名，萬物母。」朱謙之云：「四十二章：『道生一，一生二，二生三，三生萬物。』此有名萬物母也。」《莊子‧大宗師》：「夫道，有情有信，無爲無形……豨韋氏得之，以挈天地；伏戲氏得之，以襲氣母。」成玄英注：「氣母，元氣之母也。」《淮南子‧要略》：「知變化之紀，說符玄妙之中，通迴〈迥〉造化之母也。」高誘注：「造化之母，元氣太一之神。」可見，「母」在道家的觀念中是生成萬物的根源，與「氣」的概念基本等同。

《凡物流形》的「一生兩，兩生三，三生母，母成結」，所要強調的正是「一」（即「道」）和「母」（即「氣」）的關係及作用。《老子》云：「道生一，一生二，二生三，三生萬物。萬物負陰而抱陽，沖氣以爲和。」任繼愈先生指出：「（此句）並沒有更多的意義，只是說，事物因混沌的氣（或樸，或一）分化成爲萬物，由簡單到複雜的過程罷了。」黃晧堃、黃啓樂認爲：「從『道』到萬物並不是直接的，中間要通過『氣』來轉化，氣也是『一』產生的。」以上觀點對解讀《凡物流形》有一定參考價值。此外還可參見《淮南子‧天文》：「道始於一，一而不生，故分而爲陰陽，陰陽合和而萬物生。故曰：『一生二，二生三，三生萬物。』」上博簡《互（極）先》：「有氣焉有有，有有焉有始，有始焉有往者。」……

簡文中出現的「五氣」、「五度」應是同一組概念。不難看出，「母」顯然是與此相區別的更高一級的概念，是「氣之母」。

《凡物流形》「母成結」的「結」字，大概也有特定含義。結，「聚合、凝聚」之義。《鶡冠子‧泰錄》：「故神明錮結其紘，類類生成，用一不窮。」《鶡冠子‧能天》：「度十、五而用事，因動靜而結生，能天地而舉措。」黃懷信先生云：「結，聚結。生，生發。動則生，靜則結。」《凡物流形》中的「結」作名詞用，可能是一個術語，表示萬物「流形成體」的聚合狀態。「母」，即氣之母；「成」，亦生也。「母成結」，可參看《莊子‧在宥》：「今我願合六氣之精以育羣生。」成玄英注：「欲合六氣精華，以養萬物。」

總之，簡21闡述的是「一」──「母」──「天下」的生成關係，亦可參看《老子》：「有物混成，先天地生 ……可以爲天下母。吾不知其名，字之曰道。」〔註536〕

曹峰從沈培意見將簡文「女」字看作是「四」字訛寫，將「三成女」釋爲「三生（成）四」，已於上文討論過「女」字字形，在釋字上本書認爲非到必要，否則不可輕易將簡文視爲錯字，因此還是主張爲「女（母）」字。但曹峰釋爲「三生（成）四」仍相當具有啓發性：

> 這段話後面有崇「一」之說。把「一」看作是萬物生成的機理，把握了「一」等於把握一切。因此，這個「一」決不是單純的數字。從「四成結」看，這個「結」作爲「四」的「結」，具有收束聯繫「四」的作用。在古典文獻中，「結」往往和「一」聯繫起來理解，如《詩經・鳲鳩》中「淑人君子，其儀一兮。其儀一兮，心如結兮」一句，被廣爲引用，《荀子・勸學》用其說明「故君子結於一也」、《大戴禮記・勸學》、《淮南子・詮言》均用其說明「君子其結於一乎」。《韓詩外傳》卷二在先說「凡治氣養心之術，莫徑由禮，莫優得師，莫慎（神）一好。好一則博（摶），博（摶）則精，精則神，神則化。是以君子務結心乎一也」之後引用了《詩經》。另外，《荀子・成相》說「凡成相，辨法方，至治之極復後王。慎、墨、季、惠百家之說誠不詳。治復一，脩之吉，君子執之心如結。」也是例證。最值得注意的是，郭店楚簡《五行》和馬王堆帛書《五行》引此詩後，均說「能爲一，然後能爲君子。」馬王堆帛書《五行》還有進一步的闡釋：「聖之結於心者也」，『能爲一，然後能爲君子。』能爲一者，言能以多〔爲一〕。以多爲一也者，言能以夫〔五〕爲一也。『君子慎其獨。』慎其獨也者，言舍夫五而慎其心之謂〔也。獨〕然後一。一也者，夫五爲〔一〕心也，然后德（得）之。一也，乃德已。德猶天也，天乃德已。」可見《五行》將「結」、「一」、「五行」、「心術」聯繫在了一起。

〔註536〕秦樺林：〈《凡物流形》第二十一簡試解〉，復旦大學出土文獻與古文字研究中心（http://www.guwenzi.com/SrcShow.asp?Src_ID=642，2009年1月9日）。

　　那麼，「四成結」就有可能理解成「四加一」或「以五爲一」，而「四加一」或「以五爲一」者母庸置疑就是五行。五行決不僅僅是五項元素的並列，其中一項雖居其一，卻居於中心和主位，能夠支配和操縱其他四項。

　　《凡物流形》沒有直接提到「五行」，但應該有「五行」的思想背景在，……「《凡物流形》在論物時，將『先後』、『陰陽（之）扆』和『水火（之和）』作爲『物』之所以爲『物』的基本原理和法則；在論人時，則將『終始』、『縱衡』、『異同』，當作人需參照的天地的基本原理和法則。這裡的內容使人很快聯想到陰陽五行說，『五度』、『五氣』、『五言』之說可能和五行相關，『先後』、『陰陽』和『水火』、『終始』、『縱衡』、『異同』，作爲兩兩相對之觀念，則與陰陽說可以聯繫起來。」……他將「五言才人，孰爲之公」讀爲「五音薦至，孰爲之公」，意爲五音紛至沓來，孰爲之立君，即誰爲之確立居首之「宮」音。如果他的推斷成立，那我們現在討論的這段話可以說就是《凡物流形》在下半篇的呼應，即《凡物流形》既重視「五」，更重視居於支配地位的「一」。

　　如前所述，五行說的中心思想是「四加一」，既然《凡物流形》中存在五行觀念，那麼，《凡物流形》也很有可能借助五行說中「四加一」的理論，來支持、強化《凡物流形》中以道家思想爲基幹的「執一」、「得一」、「有一」、「能一」、「貴一」以及「勝心」說。因此，筆者推測，「一生兩，兩生三，三生四，四成結」是陰陽五行的術數理論，……這句話和《老子》「道生一，一生二，二生三，三生萬物」的宇宙生成論無關，必須通過陰陽五行的術數理論纔能獲得合理的解釋。如果尋找這方面的思想資源，我們發現《尚書・洪範》中的「一曰水，二曰火，三曰木，四曰金，五曰土」下僞孔傳注曰「皆其生數」。……「一生兩，兩生三，三生四，四成結」指的可能是「水、火、木、金、土」的先後生成過程。「五」即「土」居於中央之位，當然可以和「一」聯繫起來，「四成結」表示「五」既是終結點，又是將「四」束結起來、居於支配地位的「一」。《老子》「道

生一，一生二，二生三，三生萬物」的重點在於生成原點的「道」和「一」，而非作爲支配者的「一」。《凡物流形》不同，其「一」既是出發點的「一」，又是以「結」的作用和形式表現出來的、居於支配地位的「一」。……

《鶡冠子・王鈇》有「天用四時，地用五行，天子執一以居中央，調以五音，正以六律，紀以度數，宰以刑德。」《鶡冠子・世兵》有「昔善戰者，舉兵相從，陳以五行，戰以五音。指天之極，與神同方，類類生成，用一不窮。」《鶡冠子・泰錄》有「故神明錮結其紘，類類生成，用一不窮。」可以說是比較好的例證。《黃帝四經・十六經・立命》中有按五行原理描述的黃帝形象，「昔者黃宗質始好信，作自爲像，方四面，傅一心。四達自中，前參後參，左參右參，踐位履參，是以能爲天下宗。」也說到黃帝「方四面，傅一心」，能夠居於中央，以四面之通觀輔「一心」之明察，「是以能爲天下宗」。

在馬王堆帛書《易傳》的《要》篇中，有一段話，是孔子講《易》有天道、地道、人道和四時之變後，又講《易》有君道，其言曰：

故謂之《易》有君道焉，五官六府不足盡稱之，五正之事不足以至之。而《詩》《書》《禮》《樂》不〔讀〕百篇，難以致之。不問於古法，不可順以辭令，不可求以志善。能者由一求之，所謂得一而君（群）畢者，此之謂也。

其中「五正」一詞，劉彬通過詳細研究，認爲乃是古代易學講君道的特定術語。可與《鶡冠子・度萬》及《黃帝四經・十六經・五正》以下內容對讀。：

天地陰陽，取稽於身，故布五正，以司五明。十變九道，稽從身始。五音六律，稽從身出。五五二十五，以理天下。六六三十六，以爲歲式。（《鶡冠子・度萬》）

黃帝問閹冉曰：「吾欲布施五正，焉止焉始？」對曰：「始在於身，中有正度，後及外人。外內交接，乃正於事之所成。」黃帝曰：「吾既正既靜，吾國家愈不定，若何？」對曰：「後中實而外正，何

〔患〕不定？左執規、右執矩，何患天下？男女畢同，何患於國？五正既布，以司五明。左右執規，以待逆兵。」（《黃帝四經・十六經・五正》）

劉彬指出「五正」之內容乃是帝王取度於身而建立起來的規矩繩權衡五種法度，……旨在因順陰陽、諧和四時、理順五行，以達致天人祥和的理想政治境界。我們注意到馬王堆帛書《易傳》認為君主需要在利用「五正」之類五行模式的同時，達到「能者由一求之」、「得一而君（群）畢者」的高度。同樣，《鶡冠子・度萬》在論述了「故布五正，以司五明」後也提出，「凡問之要，欲近知而遠見，以一度萬也」。這種既利用五行，又得一之要的思想及其論述，和《凡物流形》「是故有一，天下無不有；無一，天下亦無一有」、「無〔目〕而知名，無耳而聞聲。草木得之以生」、「遠之薄天，邇之施人」、「修身而治邦家」有相似之處。

總之，筆者推測這段話的意思是，「一生兩，兩生三，三生四，四成結」是用數字表示以水火木金土為代表的天下事物，「四成結」代表五行中以「一」統「四」的基本結構，「是故」以後那些話，表示唯有「執一」者能夠超越、把握五行，達到無所不為的境地。

〔註537〕

心怡案：秦樺林將「母」視為「氣之母」，是道家的觀念中是生成萬物的根源。而〈凡物流形〉本章所要強調的正是「一（道）」和「母（氣）」的作用及關係。就秦樺林文章來看，其對於道家宇宙生成論的關係為：

一（道）→二（陰陽二氣）→三（氣沖為和）→母（氣）→結（萬物）

熊鐵基認為在《淮南子》中也有對「一生二，二生三，三生萬物」的宇宙生成論作一表述：

《淮南子・天文》試圖解釋《老子》：「道（曰規）始於一，一而不生，故分為陰陽，陰陽合和而萬物生，故曰：『一生二，二生三，三生萬物』，而它自己的表述是：《淮南子・天文》：「天墜未形，馮

馮翼翼，洞洞灟灟，故曰太昭。道始於虛霩，虛霩生宇宙，宇宙生氣。氣有涯垠，清陽者薄靡而爲天，重濁者凝滯而爲地」。基本思想是一致的。……關於『道生一』這一篇，嚴遵寫到：「虛之虛者生虛者，無之無者生無者，無者生有形者，故諸有形之徒皆屬於物類。物有所宗，類有所祖。天地，物之大者，人次之矣。夫天人之生也，形因於氣，氣因於和，和因於神明，神明因於道德，道德因於自然，萬物以存。」……如《上德不德》篇：「天地所有，物類所以，道爲之元，德爲之始，神明爲宗，太和爲祖。……《得一》篇：「一者，道之子，神明之母，太和之宗，天地之祖。於神爲無，於道爲有，於神爲大，於道爲小。」綜合起來看，有一個大體的公式：

道（虛無，一）→神明→太和→（氣）→天地→萬物

這是一個與宇宙生成論有關的公式。〔註538〕

與秦樺林所說大意相和。此外秦樺林又將「母成結」的「結」釋爲凝聚之意，是用來表示「流體成形」的聚合狀態，因此若依秦樺林的推理脈絡，「一生二，二生三，三生母，母成結」似乎是可行的。

而曹峰則從五行概念中，提出「一」是居中心統攝的地位，唯有能「執一」，才能超越五行，達到無所不爲的境界，「一」既是出發點的「一」，又是以「結」的作用和形式表現居於支配地位的「一」。

「一」，在道家學說中，除了是「萬物根源」外，亦是指「道」，如《老子》：「載營魄抱一」、「是以聖人抱一爲天下式」、「古之得一者」，「一」皆是指「道」而言。道家也以「母」來指稱萬物最根本的來源，如《老子》：「有物混成，先天地生。寂兮寥兮，獨立而不改，周行而不殆，可以爲天下母。吾不知其名，字之曰道，強爲之名曰大。」可知道家所謂的「母」亦可指稱「道」。而這「道」是至高無上，羅而無外，無不包容。

二位學者不論是從「氣之母」的觀點來談；或是由統攝「五行」的主宰來說都有可取之處。不過，如果二說皆通，我們傾向不改字，依文本原字解爲「三生母，母成結」。

〔註538〕熊鐵基：〈對「神明」的歷史考察──兼論《太一生水》的道家性質〉《郭店楚簡國際學術研討論文集》，（武漢：湖北人民出版社），2000年5月，頁535～536。

〔2〕是故有一，天下無不有；無一，天下亦無一有。

「一」指的是「道」，是萬物生成的根源。本句的意思是「有了『道』，萬物就有了生成的根源，那麼天下就什麼都能有；若沒有「道」，就沒有了生成的根源，那麼天下就什麼都沒有。」

〔3〕無[目]而知名，無耳而聞聲。

李銳補「目」字。〔註539〕

目字殘缺。今從李銳補「目」一字。

簡文的意思是：道，沒有眼睛卻能夠知道萬物的名稱；沒有耳朵，卻能夠聽到各種聲音。

〔4〕禽獸得之以䖘（鳴）

鳴，簡文甲本簡13作 （下以△之），乙本簡文殘。

原考釋者曹錦炎隸定爲「䖘」，爲「鳴」字異體，「鳥」、「豸」形旁替換。「鳴」，簡文此處泛指禽獸鳴叫。〔註540〕

楊澤生從字源考慮認爲是「乙（鳦）」字：

我們懷疑《凡物流形》的「一」其實是「乙（鳦）」字，以它作爲偏旁的這個「鳴」字應隸定作「䖘」。下面我們從三個方面來進行說明。

第一，從讀音來看，「一」和「乙」都是影母質部字，「乙」讀作「一」完全沒有問題。

第二，從構字理據來看，「乙」即燕子，是善鳴之鳥，所以和「鳥」一樣可以作爲「鳴」字的表意偏旁。

……第三，《凡物流形》「鳦（乙）」這種形體雖然很特別，但是也是可以解釋的。

〔註539〕李銳：〈《凡物流形》釋文新編（稿）〉，清華大學簡帛研究（http://www.confucius2000.com/qhjb/fwlx1.htm，2008 年 12 月 31 日）。

〔註540〕馬承源主編：《上海博物館藏戰國楚竹書（七）》，（上海：上海古籍出版社，2008 年 12 月），頁 248。

首先，通過觀察前引「燕」、「乙」的古文字形體和鳥形裝飾，《凡物流形》「𪁉」和「鳴」所從的「乙」、「鳥」二旁的下部大體相同，……儘管這樣一來跟「燕」字下部已有差別。

其次，「鳥」、「乙」主要的不同在上部。即「鳥」的上部作完全封閉的「目」字形，大概表示鳥的頭部。而「乙」的上部作如下之形：

（乙 12）　　（甲 18）　　（甲 21）

（甲 22）　　（甲 17）　　（乙 14）

第一行三例所從的 、、 等可看作頭部的省略，而 、、 似可看作嘴形；而第二行三例所從的四個或三個豎劃有可能是書寫者不瞭解兩個豎劃表示嘴形而作的沒有目的的繁化，也可能表示兩個嘴形，跟燕子經常雙飛雙鳴或群飛群鳴的特點一致（桂馥對古書「燕燕」連言提出一個解釋，說「雙飛則爲燕燕」，參丁福保 2006：2874）。因此，這些「乙」字的上部可看作表示燕乙的頭、嘴之形，是由甲骨文「燕」字表示頭、嘴部分的 、、、 等演變而來的，跟小篆和傳抄古文「燕」字表示頭、嘴部分的 和 應該是異體關係。當然，跟甲骨文相比，無論上列「乙」字的上部還是小篆和傳抄古文「燕」字的上部，其象形程度都不是很高了。〔註 541〕

心怡案：乙，《說文》謂「玄鳥」，不像。《說文·乙部》所收從「乙」之字：孔、乳來看，實不從「乙」。〔註 542〕此外又認爲燕字嘴形上揚，爲善鳴之鳥，古文字中常見鳥嘴上揚之形，如「鳥」，金文作 （毛公厝鼎）、（余義鐘）形，又 （余義鐘）右半部，出現了形似「乚」形的部件；因外「燕」

〔註 541〕楊澤生：〈上博簡《凡物流形》中的「一」字試解〉，復旦大學出土文物與古文字研究中心（http://www.gwz.fudan.edu.cn/SrcShow.asp?Src_ID=695，2009 年 2 月 15 日）。

〔註 542〕季師旭昇：《說文新證（下）》，（臺北：藝文印書館，2004 年 11 月），頁 167。

未見作「乀」形的例子，因此「燕」、「乀（乙）」是否爲同一字，尚未可定論。

△字應隸定爲「𪕁」，讀爲「鳴」。楚系簡帛文字從「鼠」之字作：![鼠字形]（曾·2/𪕋）、![鼠字形]（天策/𪕜）、![鼠字形]（曾·1正/𪕜）、![鼠字形]（曾·65/𪕜）、![鼠字形]（包2·165/𪕜）等形，可知△字左半部確實爲「鼠」形，只是略有簡省，字形上較似於![鼠字形]（曾·65/𪕜），故本文將△字隸定爲「𪕁」，讀爲「鳴」。

其次，「之」爲指稱代名詞，指的就是「道」，李銳引馬王堆帛書《道原》：「一度不變，能適規（蚑）僥（蟯）。鳥得而蜚（飛），魚得而流（遊），獸得而走。」其次可參本篇簡文的簡3「草木得之以生，禽獸得之以鳴」及《淮南子·原道訓》：「夫道者，覆天載地，廓四方，柝八極，高不可際，深不可測，包裹天地，稟授無形。……山以之高，淵以之深，獸以之走，鳥以之飛，日月以之明，星曆以之行，麟以之遊，鳳以之翔。」「之」，就是指「一」也就是「道」。《老子》第三十九章：「天得一以清；地得一以寧；神得一以靈；谷得一以盈；萬物得一以生；侯王得一以爲天下貞。」可參。

〔5〕遠之羊（事）天，宒（近）之羊（事）人

本句主要討論「羊」、「宒」二字。先就「羊」字討論，簡文甲本簡13、簡13![羊字形]（下以△代之），乙本簡文殘。

在本簡中![羊字形]字，原考釋曹錦炎隸定爲「戈」，爲「弋」之繁構。在古文字中，「弋」字或「弋」旁常常寫作「戈」，例如楚帛書「四神相戈」即「四樘相弋（代）；信陽楚簡「皆三伐之子孫」，「三伐」即「三代」；楚璽「郊（弋）易（陽）君鉢」，「郊易」即「弋陽」……。「弋」，是用帶繩子的箭來射獵。而![羊字形]，則隸爲「矢」而解作「施布、施行」之義。[註543]

羅小華認爲應讀爲「箭」：

〔註543〕馬承源主編：《上海博物館藏戰國楚竹書（七）》，（上海：上海古籍出版社，2008年12月），頁249。

此字應隸定爲「至」，即所謂倒「矢」。此形楚簡習見，本篇之中即有從兩「至」而作者：

「銕」簡5（此字整理者考釋甚爲詳盡，茲不贅述。）

比較可知，此字即「至」字。「至」，何琳儀師分析爲「象倒矢之形，或於其下假橫筆爲飾。箭之初文。」《説文》「箭，矢也。從竹，前聲。」故此字當讀爲「箭」。〔註544〕

李鋭認爲、二字應爲同一字，或亦即「矢」字殘筆而讀若「施」。〔註545〕

陳偉以爲是「察」字：

兩段殘簡相綴合，是復旦讀書會的意見，當是。前一「察」，整理者釋爲「戈」，讀爲「弋」。李鋭先生以爲亦是「矢」字。後一「察」字，整理者釋爲「矢」，讀爲「施」。復旦讀書會隸作倒置二屮，釋爲「箭」，讀爲「薦」。今按：李鋭先生認爲這前後對應的二字相同，看來是正確的。他指出的12B頂端尚有一豎畫可見。將此筆與上面的13A最後一字拼綴合後，二字的寫法更爲近似。楚文字中用爲「察」字有多種寫法。上述二字與郭店竹書《五行》37、39號簡中用爲「察」的字相近，可能是這種構形的簡省。〔註546〕

宋華強以爲是甲本簡13爲「步」字，簡12爲「矢」字：

實際上「矢」可讀爲「施」。「矢」屬書母脂部，「施」屬書母歌部，聲紐相同，韻部也有相通之例。李家浩先生曾有論證，茲引其説如下：

〔註544〕羅小華：〈《凡勿流型》甲本選釋五則〉，武漢大學簡帛網（http://www.bsm.org.cn/show_article.php?id=922，2008年12月31日）。

〔註545〕李鋭：〈《凡物流形》釋文新編（稿）〉，清華大學簡帛研究（http://www.confucius2000.com/qhjb/fwlx1.htm，2008年12月31日）。

〔註546〕陳偉：〈讀《凡物流形》小箚〉，武漢大學簡帛網（http://www.bsm.org.cn/show_article.php?id=932，2009年1月2日）。

　　《左傳》襄公二十九年《經》「衛世叔儀」之「儀」，《公羊傳》作「齊」，「儀」屬歌部，「齊」屬脂部。《詩‧大雅‧江漢》「矢其文德」，《禮記‧孔子閒居》、《春秋繁露‧竹林》引「矢」作「弛」，「矢」屬脂部，「弛」屬歌部。《說文》示部「祟」字古文作「禠」，從「隋」省聲，「祟」屬脂部，「隋」屬歌部。《楚辭‧遠遊》以脂部的「夷」與歌部的「歌」、「蛇」等押韻。此是歌、脂二部的字音相近的例子。

　　　「施」、「弛」皆從「也」聲，「矢」與「弛」通，故可與「施」通。「施人」之語，古書常見。如《孟子‧盡心下》「湯、武反之也」下趙岐注云：「殷湯、周武，反之於身，身安乃以施人，謂加善於民也。」《書‧洪範》疏：「正身而後及人，施人乃名爲政。」《禮記‧祭統》疏：「己乃行此惡事而施人，是行於己也。」《禮記‧大學》疏：「言己以厚施人，人亦厚以報己也。若己輕薄施人，人亦輕薄報己。」《孟子‧梁惠王上》疏：「仁不施人，猶不成德。」「施人」等於「施於人」，猶上文「薄天」等於「薄於天」。簡文是說言「一」的功用非常廣大，往高遠處說可以上極於天，往近身處說則可施善於人。〔註547〕

顧史考認爲該讀爲「弋」（喻紐職部）爲「事」（崇紐之部）方是。「按《墨子‧尚賢中》：「以上事天，則天鄉其德；下施之萬民，萬民被其利。」〔註548〕

　　心怡案：△字象倒矢之形，應隸定爲「𢆡」，爲箭之初文〔註549〕。楚系文字作 𢆡 （曾 46），或下加橫筆作 𢆡 （包‧2‧60），或於偏旁時下半部變爲三橫筆作 𢆡 （包‧2‧138）。《說文》：「箭，矢也。」，故將△字隸定爲「𢆡」，可讀爲「事」。上古音「矢」透母脂部；「事」從母之部，之脂旁對轉。「事」，侍奉之意。

〔註547〕宋華強：〈《凡物流形》「遠之步天」試解〉，武漢大學簡帛網（http://www.bsm.org.cn/show_article.php?id=1106，2009 年 6 月 28 日）。

〔註548〕顧史考：〈上博七〈凡物流形〉下半篇試解〉，復旦大學出土文獻與古文字研究中心（http://www.gwz.fudan.edu.cn/srcshow.asp?src_id=876，2009 年 8 月 24 日）。

〔註549〕何琳儀：《戰國古文字典》，（北京：中華書局，2004 年 9 月），頁 1151。

其次，討論「宭」字，簡文甲本簡 12B 作 形（下以△代之），乙本簡殘。

原考釋者曹錦炎隸定爲「悗」，指無心貌。〔註550〕

復旦讀書會隸定爲「宭」，讀爲「近」。〔註551〕

李銳直接釋爲「邇」。〔註552〕

廖名春認爲「忻」當讀爲「昕」，明亮之意。〔註553〕

陳偉疑爲「尼」字變體，讀爲「邇」。〔註554〕

宋華強認爲可能是「忎（忻）」字異體：

　　戰國文字常常綴加飾筆，從「斤」之字在「斤」旁上添加飾筆

之例如下：

　　　　（郭店簡《老子甲》6 號）　　　　（郭店簡《五行》7 號）

兩字「斤」旁右邊折筆內側有一飾畫，C 只是把這一筆寫在「斤」

旁左邊折筆的上端而已。楚簡文字「忎（忻）」字多見，楚文字又習

加「宀」爲飾，復旦讀書會釋「宭」可從。「宭」可能是「忎（忻）」

字的異體。

　　心怡案：將△字隸定爲「宭」，正確可從。本簡△字上加「宀」形，是楚
文字常見的飾符，如「中」作「　」（郭店·五·5）、「目」作「　」（郭店·
五·45）、集作「　」（郭店·五·42）、「　」（包 2·194）等。楚系文字從「斤」
之字作：

〔註550〕馬承源主編：《上海博物館藏戰國楚竹書（七）》，（上海：上海古籍出版社，2008
年 12 月），頁 247。

〔註551〕復旦大學出土文獻與古文字研究中心研究生讀書會：〈《上博（七）凡物流形》重
編釋文〉，復旦大學出土文獻與古文字研究中心（http://www.gwz.fudan.edu.cn/Src
Show.asp?Src_ID=581，2008 年 12 月 31 日）。

〔註552〕李銳：〈《凡物流形》釋文新編（稿）〉，清華大學簡帛研究（http://www.confucius
2000.com/qhjb/fwlx1.htm，2008 年 12 月 31 日）。

〔註553〕廖名春：〈《凡物流形》校讀零箚（二）〉，清華大學簡帛研究（http://www.confucius
2000.com/qhjb/fwlx4.htm，2008 年 12 月 31 日）。

〔註554〕陳偉：〈讀《凡物流形》小箚〉，武漢大學簡帛網（http://www.bsm.org.cn/show_article.
php?id=932，2009 年 1 月 2 日）。

1.郭店・五・7	2.郭店・性・29	3.郭店・忠・8	4.郭店・六・49	5.包・2・3	6.包・2・39

由上表可看出「斤」形有作「竹」、「斤」、「𠂤」、「夕」、「分」等形，其中字例 1 的、及字例 6 與△字形近，因此將△字視為「忻」之異體，應是可行。

　　△字當讀為「近」，義為「邇」。《爾雅・釋詁》：「邇、幾、暱，近也。」。《論語》：「小子何莫學詩乎，詩可以興，可以觀，可以羣，可以怨，邇之事父，遠之事君。」而簡文整句話的意思是「有了『道』，遠的方面可以事奉上天；近的方面則可以施善於人。」

〔6〕戳（察）道，所以攸（修）身而訽（治）邦豪（家）。

　　道，簡文甲本簡 22 作 形（下以△代之），乙本簡文殘。

　　原考釋者曹錦炎將△字釋為「從」。

　　復旦讀書會釋為「道」。〔註555〕

　　李銳隸為「道」，讀「導」。〔註556〕

　　心怡案：「從」字楚系文字作： （郭店・太・11）、 （上博二・民・13）、 （包・2・132）等形，與△字不合。細察簡文，可發現△字其實就是「道」字，如 （郭店・老甲・24）、 （郭店・唐・6）可參。由於本句前一字為「戳（察）」動詞，因此若將此字訓為「導」，文意上不易理解，故本簡「道」字讀如本字。

　　簡文此章「一生二，二生三，三生女（母），女（母）成結，是故有一，天下無不有；無一天亦無一有。無目而知名，無耳而聞聲。草木得之以生，

〔註555〕復旦大學出土文獻與古文字研究中心研究生讀書會：〈《上博（七）凡物流形》重編釋文〉，復旦大學出土文獻與古文字研究中心（http://www.gwz.fudan.edu.cn/SrcShow.asp?Src_ID=581，2008 年 12 月 31 日）。

〔註556〕李銳：〈《凡物流形》釋文新編（稿）〉，（北京：清華大學簡帛研究，http://jianbo.sdu.edu.cn/admin3/2008/lirui006.htm，2008 年 12 月 31 日）。

禽獸得之以鳴。遠之事天，近之事人，是故察道，所以修身而治邦家。」在說明「道」是產生天地萬物的根源；「道」得以促進萬物生長；「道」可貫徹每一事物。

〔7〕䎽（聞）之曰：能䚉（察）鼠-（一），則百勿（物）不遊（失）；女（如）不能䚉（察）鼠-（一），則百勿（物）鼻（具）遊（失）。

本句主要討論「鼻」字。簡文甲本簡23作 形，乙本簡15作 形（下以△代之）。

原考釋者曹錦炎隸定爲「具」，字從雙手捧「員」，爲「具」字繁構。從古文字看「具」字從鼎，小篆已訛。〔註557〕

心怡案：原考釋者曹錦炎之說可從，「員」字楚文字作： （郭店·緇·43）、 （郭店·唐·19）、 （上博一·緇·10）等形，與簡文△字上半部是相同的，而下半部構形可見乙本簡15，很清楚的看到的是拱手形。楚系文字「具」有作 （郭店·緇·16）、 （上博一·緇·9），即有作拱手形。其中 （郭店·緇·16）與△字形似，因此本文將△字隸定爲鼻，讀爲「具」。

本句在說明在上位者「能夠體察『道』，那麼就不會丟失天下萬物；反之，若不能體察『道』，那麼就會全部失去天下萬物。」

〔8〕如欲䚉（察）鼠-（一），卬（仰）【1】而視之，伲（俯）【2】而癸（揆）【3】之，毋遠求氒（度），於身旨（稽）【4】之。

【1】卬（仰）

簡文甲本簡23作 形，乙本簡15作 形（下以△代之）。

原考釋者曹錦炎隸作「丩」，讀爲「糾」，「糾」從「丩」聲，可以相通。「糾」，引申爲聚集。〔註558〕

〔註557〕馬承源主編：《上海博物館藏戰國楚竹書（七）》，（上海：上海古籍出版社，2008年12月），頁263。

〔註558〕馬承源主編：《上海博物館藏戰國楚竹書（七）》，（上海：上海古籍出版社，2008

復旦讀書會隸定爲「印」，讀爲「仰」。〔註559〕

心怡案：在《上博四·柬大王泊旱》簡 14 有個 字與△字字形相同，在《柬大王泊旱》原考釋者濮茅左所整理的文例爲：「王印（仰）天，句（後）而洨（詨）胃（謂）大割（宰）」〔註560〕，季師旭昇以爲應將全句讀爲「王印而啕，而泣謂太宰。」〔註561〕。「印」上古聲母爲疑紐，韻部爲陽部；「仰」也是疑紐陽部。聲韻畢同，故可通假。因此將△字隸定爲「印」，讀爲「仰」可從。

【2】佢（俯）

簡文甲本簡 23 作 形，乙本簡 15 作 形（下以△代之）。

原考釋者曹錦炎隸作「任」，放縱、聽憑之意。〔註562〕

陳偉認爲應可釋爲「伏」或「俯」：

> 此字右旁上似人形，下從土，這種構形曾見於有的戰國文字中，單育辰先生釋爲「勹」。竹書此字與仰對文，應可釋爲「伏」或「俯」。
>
> 〔註563〕

心怡案：關於△字右上半的「」形，陳偉以爲應該就是單育辰所討論的「勹（音「伏」）」字。單育辰曾對於《曾侯乙墓》幾個從「勹」之字提出討論：

年 12 月），頁 263。

〔註559〕復旦大學出土文獻與古文字研究中心研究生讀書會：〈《上博（七）凡物流形》重編釋文〉，復旦大學出土文獻與古文字研究中心（http://www.gwz.fudan.edu.cn/SrcShow.asp?Src_ID=581，2008 年 12 月 31 日）。

〔註560〕馬承源主編：《上海博物館藏戰國楚竹書（四）》，（上海：上海古籍出版社，2004 年 12 月），頁 207。

〔註561〕季師旭昇：〈《上博上四·柬大王泊旱》三題〉清華大學簡帛研究（http://www.jianbo.org/admin3/2005/jixusheng001.htm，2005 年 2 月 12 日）。

〔註562〕馬承源主編：《上海博物館藏戰國楚竹書（七）》，（上海：上海古籍出版社，2008 年 12 月），頁 263。

〔註563〕陳偉：〈讀《凡物流形》小箚〉，武漢大學簡帛網（http://www.bsm.org.cn/show_article.php?id=932，2009 年 1 月 2 日）。

戰國早期的曾侯乙墓竹簡中記有一種旗，作「A 斿」，辭例爲：

A1 牆（斿），墨毛之首。簡 46

A2 牆（斿），朱毛之首。簡 86

A3 牆（斿），翠首，貂定之頸。簡 89

A 分別作： [圖] A1、 [圖] A2、 [圖] A3

雖然不算太清晰，但它們的筆畫還是可以很容易的分辨出來。爲了明瞭起見，我們再把《曾侯乙墓竹簡文字編》中簡 46、簡 86、簡 89 有關此字的摹本轉揭於下： [圖] A1（摹）、 [圖] A2（摹）、

[圖] A3（摹）

……于省吾先生在《釋勹、𦥑、匐》一文中談到：甲骨文從勹的字常見，例如丂字（陳一四九）從勹作 [圖] ，𡥀字屢見，從勹作 [圖] 。 [圖] 與 [圖] 象人側面俯伏之形，即伏字的初文……。

裘錫圭先生在《釋「鳧」》一文中也談到：（甲骨文的 [圖] ，《合集》18328）也見於周代金文： [圖] 《仲鳧父簋》 [圖] 《再簋》 [圖] 《鳧叔匜》

前人釋爲鳧。古文字隹旁，鳥旁通用。釋此字爲鳧應該是可信的。《說文》鳧字小篆從几，隸書、章草和早期楷書裏的鳧字，下部從力，都是金文鳧字下部所從人形的訛變……細審甲骨、金文下部所從，實象俯身人形，而非一般人字。頗疑此即俯字表意初文（原編按，高亨《文字形義學概論》1716 頁謂「勹疑即俯之古文」，可參考），鳧字蓋以此爲聲旁。

……劉釗先生曾指出：金文中從「勹」得聲的「陶」作「 [圖] 」、「 [圖] 」（《金文編》2231「陶」字條），或加「土」作「 [圖] 」（《金文編》0427「鞄」字條），如果其言不誤的話，那其構形方式正與 A 類同。所以，A 應隸定爲「驨」，從「勹」得聲，就是「鳧」字。……

在望山簡 2-13 中，有一個字做下形：

B　其辭例爲「B臂（旌），白市（帗），翡翠之首」。

……李家浩先生認爲 B 與曾侯乙墓的 A 爲一字之異，從辭例上看，應該是正確的。和 A 相比，B 省略了『勹』形，但其右半『隹』和『土』二形還保留下來。……此處的「隼旌」正是《逸周書·王會解》的「鳧旌」。

在曾侯乙墓簡 174 中，還出現過一個字，作「　」，《曾侯乙墓竹簡文字編》摹作「　」，其左旁所從的「黃」多摹一橫，李守奎先生所摹不誤。右旁不是很清楚，似亦從「　」。辭例爲「　駁爲右驂」，其中「　」爲人名，「駁」爲馬名。

《九里墩鼓座》（《集成》429.1）亦出現過與 A 形類同的字，辭例爲「自乍（作）　鼓」，舊釋「　」爲「建」、「　（隽-晉）」、「隽（晉）」、「隼（晉）」，……此字爲反文。我們利用圖像處理軟件把它反轉，即成「　」形。……應隸定爲「　」而釋成「鳧」，所謂的「鳧鼓」是一種鼓名。按馬王堆 M3 簡 9 有「建鼓一，羽旌劮（飾）；卑（鼙）二。鼓者二人，操枹。」古時鼓上多以鳥羽爲飾，其狀見於漢畫像石者甚夥。或許此鼓以鳧羽爲飾，故名「鳧鼓」。

在包山簡 183 中，也有三個字與 A 相類的字：郯人 C1 朒己未，C2 公拡，陽 C3 司敗鄡其字形分別作：　 C1、　 C2、　 C3

……此處的 C1、C2、C3 都從「勹」，應隸定爲「　」、「　」、「　」，可釋爲「鳧」。C1 的「鳧」是姓；C2「鳧公」應是「鳧」地的官長；C3 的「陽鳧」也是地名，此二地不詳所在。……

最後，我們再看一下包山簡 258 中的「　　」二字，……我們認爲此字也有可能仍如《包山楚簡》整理者所言從「艸」從「隼」，但其「隼」旁爲「鳧」旁誤寫。〔註564〕

────────────

〔註564〕單育辰：〈談戰國文字中的「鳧」〉，武漢大學簡帛網（http://www.bsm.org.cn/show_

依據單育辰的上述說法，可知《曾侯乙墓》中，簡46（ ）、簡86（ ）、簡 89（ ）等字，應隸定爲「 」，從「勹」得聲，就是「鳧」字。其中「勹」字於甲骨文偏旁中作「 」，《合集》18328」，於周代金文作 《再簋》，象俯身人形。簡文所論 字可釋爲「俯」，其原因有二：其一， 的右半部件與《曾侯乙墓》簡86 字的右下部件構形相同；其二，誠如陳偉所言，此字在簡文中可與「仰」對文。故 字隸定爲「佃」，釋爲「俯」。

【3】癸（揆）

簡文甲本簡 23 作 形，乙本簡 15 作 形。

原考釋者曹錦炎隸作「伏」，守候之意。〔註565〕

劉剛釋爲「癸」，讀「揆」，訓「度」或「察」。

顧史考同意此字爲「癸」字之訛變而從之讀「揆」。〔註566〕

心怡案：「癸」字楚文字作： （包·2·23）、（包·2·24）、

（望山·1·71），與乙本簡 15 之字形相同，「癸」字在本簡讀爲「揆」，有「審度」之意。《說文》：「揆，度也。」。

【4】旨（稽）

簡文甲本簡 23 作 形，乙本簡 15 作 形。

原考釋者隸定爲「旨」，讀爲「稽」，考核之意。〔註567〕

廖名春訓「稽」爲「至」。〔註568〕

article.php?id=572，2007 年 5 月 30 日）。

〔註565〕馬承源主編：《上海博物館藏戰國楚竹書（七）》，（上海：上海古籍出版社，2008 年 12 月），頁 263。

〔註566〕顧史考：〈上博七〈凡物流形〉下半篇試解〉，復旦大學出土文獻與古文字研究中心（http://www.gwz.fudan.edu.cn/srcshow.asp?src_id=876，2009 年 8 月 24 日）。

〔註567〕馬承源主編：《上海博物館藏戰國楚竹書（七）》，（上海：上海古籍出版社，2008 年 12 月），頁 263。

〔註568〕廖名春：〈《凡物流形》校讀零箚（二）〉，清華大學簡帛網（孔子 2000）（http://www.

心怡案：楚系簡帛文字「旨」字作：（郭店・緇衣・10）、（郭店・緇衣，42）、（郭店・尊・26）、（上博二・從甲・9），與所論之字「旨」乙本簡 15 相同，所以隸定爲「旨」是正確的。在《上博一・緇衣》簡 17 有個「旨」字作，其文例爲：「古（故）言則慮丌（其）所冬（終），行則旨（稽）丌（其）所蔽（蔽），則民訢（愼）於言而戁（謹）於行。」即是「旨」、「稽」通假之例。

「稽」，準則、楷模之意，如《老子》：「故以智治國，國之賊；不以智治國，國之福。知此兩者亦稽式。」《荀子，儒效》：「千舉萬變，其道一也，是大儒之稽也。」

本句「如欲察一，仰而視之，俯而揆之，毋遠求度，於身稽之」，《管子》中亦有相同的思考：

> 道滿天下，普在民所。　　（《內業》）
>
> 道不遠而……與人並處……（《心術上》）
>
> 道……卒乎乃在於心。　　（《內業》）

在道家思想，「一」即爲「道」，且「道」其實無所不在。但是最基本的要從自身做起，意同於〈大學〉所謂的「誠於中，形於外」即「正心」，是君子修身的首要工夫。〈大學〉云：「所謂修身在正其心者，身有所忿懥，則不得其正。有所恐懼，則不得其正。有所好樂，則不得其正。有所憂患，則不得其正。心不在焉，視而不見，聽而不聞，食而不知其味。此所謂修身，在正其心。」故簡文曰：「毋遠求度，於身稽之」。

〔9〕得一[而]惫（圖）【1】之，如併天下而虜（抯）【2】之

復旦讀書會〔註569〕、李銳〔註570〕、顧史考〔註571〕等學者，皆據乙本而補

confucius2000.com/qhjb/fwlx4.htm，2008 年 12 月 31 日）。

〔註569〕復旦大學出土文獻與古文字研究中心研究生讀書會：〈《上博（七）凡物流形》重編釋文〉，復旦大學出土文獻與古文字研究中心（http://www.gwz.fudan.edu.cn/SrcShow.asp?Src_ID=581，2008 年 12 月 31 日）。

〔註570〕李銳：〈《凡物流形》釋文新編（稿）〉，清華大學簡帛研究（http://www.confucius

「而」一字，今本文乃據乙本補一個「而」字。

【1】悆（圖）

簡文甲本簡 17 作，乙本簡 16 作形。

原考釋曹錦炎將「悆」，釋為「圖」。

廖名春認為「悆」，應讀為「度」：

> 「悆」當讀作「度」，效法。朱駿聲《說文通訓定聲·豫部》：
> 「圖，叚借為度。」《楚辭·九章·懷沙》：「章畫志墨兮，前圖未
> 改。」王逸注：「圖，法也。以言人遵先聖之法度，修其仁義，不
> 易其行，則德譽興而榮名立也。」《史記·屈原賈生列傳》「圖」作
> 「度」。「得一而度之」是說得到一而效法之。〔註572〕

心怡案：簡文隸定為「悆」，讀為「圖」可從。有籌劃、考慮之意。如《史
記刺客列傳》：「今魯城壞，即壓齊境，君其圖之！」曾鞏《宜黃縣學記》：「天
子圖當世之務，而以學為先，於是天下之學乃得立。」。「得一而圖之」是說
「有了『一』然後去籌劃、思慮。」

【2】虘（挏）

簡文甲本簡 17 作形。，乙本簡 12 作形（下以△代之）。

原考釋者曹錦炎隸定為「虘」，認為是「盧」字繁構，楚簡多用為「且」
字或偏旁，《汗簡》所錄古文「且」字亦作「虘」，「組」、「俎」字從「虘」。
「且」通「挏」，訓為「取」。〔註573〕復旦大學讀書會〔註574〕從之。

2000.com/qhjb/fwlx1.htm，2008 年 12 月 31 日）。

〔註571〕顧史考：〈上博七〈凡物流形〉下半篇試解〉，復旦大學出土文獻與古文字研究中
心（http://www.gwz.fudan.edu.cn/srcshow.asp?src_id=876，2009 年 8 月 24 日）。

〔註572〕廖名春：〈《凡物流形》校讀零箚（二）〉，清華大學簡帛網（孔子 2000）
（http://www.confucius2000.com/qhjb/fwlx4.htm，2008 年 12 月 31 日）。

〔註573〕馬承源主編：《上海博物館藏戰國楚竹書（七）》，（上海：上海古籍出版社，2008
年 12 月），頁 255。

〔註574〕復旦大學出土文獻與古文字研究中心研究生讀書會：《《上博（七）凡物流形》重
編釋文〉，復旦大學出土文獻與古文字研究中心（http://www.gwz.fudan.edu.cn/Src
Show.asp?Src_ID=581，2008 年 12 月 31 日）。

李銳讀「助」〔註575〕。

顧史考隸定為「挶」，認為與「取」聲近，或可通假。〔註576〕

心怡案：簡文△字，當隸定為虜，釋為「擄」，讀為「挶」，訓為「取」。段玉裁《注》：「《方言》曰：『挶、擄，取也』。」「得一而圖之，如併天下而擄（挶）之」即「得一而圖之，如併天下而取之」意即「能夠瞭解『一（道）』之奧義，然後去籌劃，則可得天下。」

〔10〕尋（得）鼠（一）而思【1】之，若併天下而訇（治）【2】之。

【1】思

思，簡文甲本簡 17 作形，乙本簡 12 作形（下以△代之）。

原考釋者曹錦炎認為△字為「思」字，有思索、考慮之意。

廖名春：「思」當讀為「使」，用也。「得一而使之」，即得到一而使用之。〔註577〕

心怡案：當從曹錦炎所說「思」定有思索、考慮之意。本句「得一而思之，若併天下而訇（治）之」，與上句「得一而圖之，如併天下而虜（擄）之」其實是同樣的意思，意即「只要得而一來思索、籌劃，就能夠取得天下，大治天下」。

【2】訇（治）

簡文甲本簡 17 作形（下以△代之），乙本簡文殘。

原考釋者曹錦炎隸作「訣」，有決定、判斷之意。〔註578〕

復旦讀書會隸作「訇」，讀為「治」。〔註579〕

〔註575〕李銳：〈《凡物流形》釋文新編（稿）〉，清華大學簡帛研究（http://www.confucius2000.com/qhjb/fwlx1.htm，2008 年 12 月 31 日）。

〔註576〕顧史考：〈上博七〈凡物流形〉下半篇試解〉，復旦大學出土文獻與古文字研究中心（http://www.gwz.fudan.edu.cn/srcshow.asp?src_id=876，2009 年 8 月 24 日）。

〔註577〕廖名春：〈《凡物流形》校讀零箚（二）〉，清華大學簡帛網（孔子 2000）（http://www.confucius2000.com/qhjb/fwlx4.htm，2008 年 12 月 31 日）。

〔註578〕馬承源主編：《上海博物館藏戰國楚竹書（七）》，（上海：上海古籍出版社，2008年 12 月），頁 256。

〔註579〕復旦大學出土文獻與古文字研究中心研究生讀書會：《《上博（七）凡物流形》重

李銳隸作「」，讀爲「治」。〔註580〕

心怡案：簡文△字，讀爲「治」是正確的，但隸定應爲「」。同樣的字形見於甲本簡22作形、簡30作形、乙本簡22作形。楚系簡帛文字「治」字常作此形，如《郭店・成之聞之》簡32，「治」作，文例爲：「君子治人倫以順天惥」、《郭店・尊德義》簡6，「治」作，文例爲：「聖人之治民」、《郭店・尊德義》簡12，「治」作，文例爲：「眾未必治」。可參。

〔11〕守鼠（一）以爲天地旨。

本句主要討論「守」字。簡文甲本簡17作形，乙本簡文殘。

高佑仁學長疑即「又」字加飾筆而讀爲「有」。

鄔可晶疑此字即「肘」字初文而讀爲「守」。

心怡案：簡文此字殘泐難辨，較爲明顯的筆畫爲（又）形，而在又形的左下部似乎還有筆畫。在〈凡物流形〉甲、乙二篇中「又」字出現多次：

甲3	甲9	甲10	甲19	甲20	甲21
甲21	乙2	乙8	乙13	乙13	乙14

未見「又」字左下部有飾筆的字形，誠如高佑仁學長所言，「又」字在戰國文字中常有加飾筆的情形，如（貨系・3162）、（璽彙・4558）、（璽彙・4516）、（中山王鼎）、（望山・26）。

其次「肘」字，甲骨文作（《類纂》0953）、，在手臂彎曲處加弧筆表

編釋文〉，復旦大學出土文獻與古文字研究中心（http://www.gwz.fudan.edu.cn/SrcShow.asp?Src_ID=581，2008年12月31日）。

〔註580〕李銳：〈《凡物流形》釋文新編（稿）〉，清華大學簡帛研究（孔子2000）（http://www.confucius2000.com/qhjb/fwlx1.htm，2008年12月31日）。

示又關節，指事，戰國文字肘從又，從十，表示肘關節距手腕十寸，即一尺。
〔註581〕楚系文字作 （郭店・成・3/肘）， （上博一・緇・19/守）、（上博二・子・6/守）字形從又，然下部肘形變化，於偏旁或肘形上移作 （郭・老甲・13/守）、或肘形簡省爲豎筆作 （郭・唐・12/守）。

　　因此「肘」形有簡省爲豎筆之形，如此一來，則與「又」加飾筆之形相同。簡文「」字，若釋爲「又（有）」，即「擁有了『一』，將一視爲天地間的準則」；若釋爲「守」，則指「持守『一』，將一視爲天地間的準則」，釋爲「又（有）」或釋爲「守」於文意上有些微不同，但就上下文意來看，筆者認爲「守一」較爲適切。上文已經談論到「一」不必遠求，而須從己身做起，因此「一」並不是突如而來，而是含蓄蘊藉已久，因此在這裡視爲「守」，表示於己身已經擁有了，但要更進一步的是由持守而推求到整個天地之間。

〔12〕是 {1} 故一，咀之有味，敫（嗅）[之有臭] {2}，鼓之有聲 {3}，忥（近）之可見 {4}，操之可操 {5}，握之則遊（失）{6}，敗之則槁，賊之則滅 {7}。

【1】是

　　簡文甲本簡 19 作 形。乙本簡文殘。

　　原考釋者曹錦炎隸作「之」。〔註582〕

　　廖名春亦從原考釋者隸作「之」，認爲「稽之」當讀爲「楷式」，法式、準則：

　　　　《老子》第六十五章：「故以智治國，國之賊；不以智治國，國之福。知此兩者，亦稽式。常知稽式，是謂玄德。」陸德明《釋文》：「稽式，嚴、河上作『楷式』。」《荀子・儒效》：「與時遷徙，與世偃仰，千舉萬變，其道一也。是大儒之稽也。」馬王堆帛書《經法・

〔註581〕何琳儀：《戰國古文字典》，（北京：中華書局，2004 年 9 月），頁 190。

〔註582〕馬承源主編：《上海博物館藏戰國楚竹書（七）》，（上海：上海古籍出版社，2008 年 12 月），頁 258。

道法》：「無私者知（智），至知（智）者爲天下稽。」「之」爲之部章母，「式」爲職部書母，古音接近。〔註583〕

復旦讀書會疑爲「是」字：

> 細審圖版，簡19的所謂「之」字作 ![字形]，與本簡寫作 ![字形]、![字形]、![字形] 等「之」有所差別，即那個所謂「之」字的上部其實還有一橫畫，當爲「正」而非「之」。我們懷疑這個「正」是「是」字未寫全，「是古（故）亂（一）」的說法與簡21「是古（故）又（有）亂（一）」的說法同例。〔註584〕

李銳更進一步指出此簡並非完簡，故此字即爲「是」字：

> 按此簡長32.2釐米，整理者說爲完簡，則爲全篇最短完簡，早致人疑（簡6猶有32.8釐米）。筆者原連上簡17讀爲「此一以爲天地稽之」，已知與後文「一言而爲天地稽」不類。現據復旦讀書會之說，則可推知此簡非完簡，其爲「是」字當無可疑。〔註585〕

心怡案：復旦讀書會據文意率先懷疑此字爲「是」，後有李銳指出此簡並非完簡，認爲此字爲「是」字，其說正確可從。

【2】![字形]（嗅？）[之有臭]

簡文甲本簡19作![字形]形，乙本簡13作![字形]、![字形]等形（下以△代之）。

原考釋者曹錦炎以爲△字從「畀」，從「攴」，隸定爲敗，爲「畀」字繁構。《說文》：「畀，相付與之。」引申爲付託，委任。〔註586〕

〔註583〕廖名春：〈《凡物流形》校讀零箚（二）〉，清華大學簡帛網（孔子2000）（http://www.confucius2000.com/qhjb/fwlx4.htm，2008年12月31日）。

〔註584〕復旦大學出土文獻與古文字研究中心研究生讀書會：〈《上博（七）凡物流形》重編釋文〉，復旦大學出土文獻與古文字研究中心（http://www.gwz.fudan.edu.cn/SrcShow.asp?Src_ID=581，2008年12月31日）。

〔註585〕李銳：〈《凡物流形》釋讀箚記（續）〉，清華大學簡帛網（孔子2000）（http://www.confucius2000.com/admin/list.asp?id=3866，2009年1月1日）。

〔註586〕馬承源主編：《上海博物館藏戰國楚竹書（七）》，（上海：上海古籍出版社，2008年12月），頁258。

復旦讀書會疑讀爲「嗅」或「臭」。〔註587〕

李銳隸定爲「鼻」，讀爲「嗅」。〔註588〕

宋華強認爲是齅之異體：

A 字形如下：

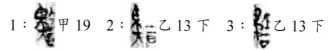

1：甲 19　　2：乙 13 下　　3：乙 13 下

#和同簡「鼓」字所從「攴」旁對比，A 右側顯然不從「攴」。根據文義和字形，李銳先生把 A 釋爲從「鼻」可能是對的，A 左旁大概就是「鼻」的省寫。A1 和 A3 右側下部從「口」，而 A2 從「曰」，大概是「口」之訛。A3 右側上部疑是從「竺」爲聲。「竺」屬端母覺部，「嗅」屬曉母幽部，其聲符「臭」又有昌母幽部一讀，端、昌都是舌音，幽、覺對轉。《說文》「齅」從「臭」聲，讀若「畜」，而《周易》卦名「大畜」之「畜」上博竹書本寫作從「土」、「竺」聲之字，由此可知從「竺」得聲之字可以讀爲「嗅」。A 可以分析爲從「鼻」省，從「口」，從「竺」聲，可能是「嗅」或「齅」的異體。〔註589〕

心怡案：李銳據《郭店楚簡・窮達以時》簡 13 的![字]字，認爲△字當從「臬」聲。「臬」，甲骨文字作![字]（甲 3736），西周中期或加飾點作![字]（班簋），西周晚期，或加橫筆作![字]（鬲比盨）。楚系文字於偏旁或保留甲骨、金文矢頭之形作![字]（包・2・163）或變爲「由」形作![字]（郭店・窮・13），下部矢尾之形變爲「大」或「矢」形。郭店楚簡《窮達以時》簡 13 的![字]字，裘

〔註587〕復旦大學出土文獻與古文字研究中心研究生讀書會：〈《上博（七）凡物流形》重編釋文〉，復旦大學出土文獻與古文字研究中心（http://www.gwz.fudan.edu.cn/Src Show.asp?Src_ID=581，2008 年 12 月 31 日）。

〔註588〕李銳：〈《凡物流形》釋文新編（稿）〉，清華大學簡帛研究（孔子 2000）（http://www.confucius2000.com/qhjb/fwlx1.htm，2008 年 12 月 31 日）。

〔註589〕宋華強：〈《凡物流形》零箚〉，武漢大學簡帛網（http://www.bsm.org.cn/show_article.php?id=1137，2009 年 8 月 29 日）。

錫圭先生認爲是「畀」字變體，讀爲「鼻」。〔註590〕「畀」、「鼻」在傳世文獻上有互通之情形，如《孟子·萬章上》：「象至不仁，封之有庳。」《漢書·鄒陽傳》服虔注：「庳，音畀予之畀。」又《漢書·武五子傳》、《後漢書·東平王蒼傳》、《三國志·魏志·樂陵王茂傳》「有庳」都作「有鼻」。〔註591〕

楚系文字「從攵」之字作：（郭·老甲·9/敢）、（郭·老乙·14/巧）、（郭·緇·22）、（郭·成·8/敬）等形，確實與△字所從不同，再看楚系簡帛文字「竺」作：（郭·老甲·9）、（上博二·容。9）、（九56·56）、（仰25·25）等形，雖與△字右半部的部件頗爲相似，但就竹簡的形制來看，似乎無法容納下一個「竺」字，而目前所見三字，皆有殘泐，乙本簡13字，雖字形較爲完整，但字體構形，仍難以判別。故暫從李銳之說，釋爲「嗅」，此字待考。

【3】鼓之有聲

簡文甲本簡19作形；乙本簡13作形（下以△代之）。

原考釋者曹錦炎隸定爲「飤」，同「食」，飲食之意。〔註592〕

復旦讀書會隸定爲「鼓」。〔註593〕

心怡案：復旦讀書會之說正確可從。「鼓」楚系文字作：

1.上博一·孔·14	2.上博二·容·22	3.上博二·容·48	4.包·2·95	5.信·2··3

△字與上列字形相同，故簡文△字隸定爲「鼓」是對的。「鼓」，敲打，拍擊之意。

〔註590〕荊門市博物館編著：《郭店楚墓竹簡》，（北京：文物出版社，1998年），頁200。

〔註591〕裘錫圭：《古文字論集》，（北京：中華書局，1992年8月），頁96。

〔註592〕馬承源主編：《上海博物館藏戰國楚竹書（七）》，（上海：上海古籍出版社，2008年12月），頁258。

〔註593〕復旦大學出土文獻與古文字研究中心研究生讀書會：《〈上博（七）凡物流形〉重編釋文》，復旦大學出土文獻與古文字研究中心（http://www.gwz.fudan.edu.cn/SrcShow.asp?Src_ID=581，2008年12月31日）。

【4】亙（近）之可見

簡文甲本簡 19 作█形。乙本殘。

原考釋曹錦炎釋爲「忻」，意爲欣喜。《墨子・經說上》：「其言之忻，使人督之」《史記・周本記》：「姜原出野，見巨人跡，心忻然說，欲踐之。」〔註594〕

復旦讀書會〔註595〕、李銳〔註596〕讀爲「近」。

心怡案：本文從復旦讀書會及李銳之說法。本章在說明「道」無所不在，從身體感官去感受，則咀之有味、嗅之有臭，鼓之有聲，近之可見。「近之可見」指道不遠人，只要用心修持，則近在眼前。

【5】操之可操

簡文甲本簡 19 作█、█形；乙本簡 14 作█（下以△字代之）。

原考釋曹錦炎以爲「操之」同「躁」，急迫。「可操」之「操」指掌握。〔註597〕

李銳以爲本句應釋爲「操之可『撫』」〔註598〕

心怡案：甲本「可操」之「操」，李銳以爲從「某」得聲釋爲「撫」，從「某」之字楚系文字作：█（上博二・容・3/誨）、█（上博二・容・37/悔）、█（九店 56・43/某）、█（九店 56・43/某）、█（九店 56・44/某）與△字字形不同，且可以很清楚的看出甲本簡 19 的第二個「操」字，其實就是「杲」。簡文△字，乙本簡文模糊不清，無法辨識該字左半部字形，但參照甲

〔註594〕馬承源主編：《上海博物館藏戰國楚竹書（七）》，（上海：上海古籍出版社，2008年 12 月），頁 258。

〔註595〕復旦大學出土文獻與古文字研究中心研究生讀書會：〈《上博（七）凡物流形》重編釋文〉，復旦大學出土文獻與古文字研究中心（http://www.gwz.fudan.edu.cn/SrcShow.asp?Src_ID=581，2008 年 12 月 31 日）。

〔註596〕李銳：〈《凡物流形》釋文新編（稿）〉，清華大學簡帛研究（孔子 2000）（http://www.confucius2000.com/qhjb/fwlx1.htm，2008 年 12 月 31 日）。

〔註597〕馬承源主編：《上海博物館藏戰國楚竹書（七）》，（上海：上海古籍出版社，2008年 12 月），頁 258。

〔註598〕李銳：〈《凡物流形》釋文新編（稿）〉，清華大學簡帛研究（孔子 2000）（http://www.confucius2000.com/qhjb/fwlx1.htm，2008 年 12 月 31 日）。

本二字，可知當爲「操」字。

「操之可操」，第一個「操」字，應釋爲「持」，第二個「操」字則釋爲「掌握」。「操之可操」即「持有道，則可掌握運用道」。

【6】捒（握）之則遊（失）

捒，簡文甲本簡 19 作簡 29 作、，乙本簡 14 作簡 22 作、（下以△代之）。

原考釋者曹錦炎隸定爲「捒」，讀爲「錄」。〔註599〕

孫飛燕改讀爲「握」：

> 捒，似當讀爲握。錄，來母屋部；握，影母屋部。二者韻部相同，聲母看似相距較遠，一屬舌音，一屬喉音，但舌音、喉音有相通之例。例如來母屋部的「彔」與見母屋部的「角」相通：《禮記·喪大記》「實於綠中」，鄭玄注：「綠，當爲角，聲之誤也。」再如「綰」，《說文》：「讀若雞卵。烏版切。」是來母與影母相通的確切例證。
>
> 〔註600〕

心怡案：楚系簡帛文字從「彔」之作字：（郭·魯·6/彔）、（上博一·孔·10/綠）、（包 2·103/逯）、（曾·8/彔），可以發現，與所論（凡甲 19）（凡甲 29）（凡甲 29）（凡乙 14）（凡乙 22）、（凡乙 22）「彔」形相比，可發現〈凡物流形〉甲、乙二本的「彔」字，皆省去左右兩旁的豎畫。此外「手」形亦有所簡省，楚系簡帛文字從「手」之形作：

A 類：（郭·五·45/手）、（郭·性·21）、（包 2·133/搏），其手形與《說文》古文同。

〔註599〕馬承源主編：《上海博物館藏戰國楚竹書（七）》，（上海：上海古籍出版社，2008年 12 月），頁 271。

〔註600〕孫飛燕：〈讀《凡物流形》箚記〉，清華大學簡帛研究（孔子 20000）（http://www.confucius2000.com/admin/list.asp?id=3862，2009 年 1 月 1 日）。

B 類：（郭‧老甲‧33/捉）、（郭‧老甲‧33/扣），筆畫變異，

形變爲直畫作形。

C 類：（包 2‧169/拰）、（包 2‧183/拰），筆畫更爲簡省，與西周

早中期金文類似作（井侯簋 4241 拜字所從），西周中晚期或加飾

點作（克鼎拜字所從）。

簡文△字手形則類似上述 C 類字，△字隸定爲捑，可從。此外孫飛燕亦提出「錄」、「握」音韻上可相通之例，故本句從孫飛燕之說作「捑（握）之則遊（失）」。傳世文獻和出土文獻中均有「捑（握）之則遊（失）」類似的說法：

如《文子‧道原》：夫道者，高不可極，深不可測，苞裹天地，稟受無形……施之無窮，無所朝夕。<u>卷之不盈一握</u>，約而能張，幽而能明，柔而能剛，含陰吐陽，而章三光。山以之高，淵以之深，獸以之走，鳥以之飛，麟以之遊。鳳以之翔，星曆以之行。

《淮南子‧原道》：夫道者……故植之而塞於天地，橫之而彌於四海，施之無窮而無所朝夕。<u>舒之幬於六合，卷之不盈於一握</u>。約而能張，幽而能明，弱而能強，柔而能剛。橫四維而含陰陽，紘宇宙而章三光。甚淖而㴅，甚纖而微。山以之高，淵以之深，獸以之走，鳥以之飛，日月以之明，星曆以之行，麟以之遊，鳳以之翔。

帛書《道原》：天弗能復（覆），地弗能載。<u>小以成小，大以成大</u>。盈四海之內，又包其外……萬物得之以生，百事得之以成。

《文子‧道原》「表之不盈一握」、《淮南子‧原道訓》「舒之幬於六合，卷之不盈於一握」以及帛書《道原》「小以成小，大以成大，盈四海之內，又包其外」，均是形容道之高深變化，可與《凡物流形》對讀。〔註601〕

〔註601〕孫飛燕：〈讀《凡物流形》箚記〉，清華大學簡帛研究（孔子 20000）（http://www.confucius2000.com/admin/list.asp?id=3862，2009 年 1 月 1 日）。

「道」，表現出來的作用是柔弱的，「柔弱」就不會去和人爭奪，表現出一種居下處後的態度，因此若內心擁有了控制的欲望，那麼便會走離眞樸的大道，因此簡文「握之則失」即「想要控制『道』那麼就會失去『道』」。

【7】敗之則槁，賊之則滅

道家在談論「道」的運用時，常常強調道的「無爲」、「無名」、「自然」和「弱」，尤其是「無爲」：「爲之者敗之，執之者遠之。是以聖人亡爲古（故）亡敗；亡執古（故）已遊（失）」〔註602〕簡文「握之則遊（失）敗之則槁，賊之則滅」應該就是在強調「道」的「無爲」的原則。道，就是不因人的意志而移轉，而是順其自然變化、萬物運行的客觀規律。故曰「握之則遊（失），敗之則槁，賊之則滅」即「有意的去掌握『道』，就會失去『道』；破壞『道』的規律，就會枯槁；賊害『道』的運行，就會滅亡」。

〔13〕鼠（一）言 【1】而力 【2】不窮 【3】；鼠（一）言而有衆；鼠（一）言而萬民之利，鼠（一）言而爲天地旨。

【1】鼠（一）言

原考釋者曹錦炎釋爲「貌言」，指虛僞文飾的話。〔註603〕

復旦讀書會釋爲「一言」。〔註604〕

廖名春認爲「一言而終不窮，一言而有眾，一言而萬民之利，一言而爲天地稽」的「言」皆當讀爲「焉」，相當於「乃」、「就」：

　　四「言」字皆當讀爲「焉」，相當於「乃」，「就」。《詩・豳風・七月》：「二之日其同，載纘武功，言私其豵，獻豜于公。」高亨《今注》：「言，讀爲焉，乃也。」《左傳・僖公九年》：「凡我同盟之人，既盟之後，言歸於好。」此是説：做到了一就會有無窮的豐年，做

〔註602〕荊門市博物館：《郭店楚簡竹簡》，（北京：文物出版社，1998年），頁50。

〔註603〕馬承源主編：《上海博物館藏戰國楚竹書（七）》，（上海：上海古籍出版社，2008年12月），頁260。

〔註604〕復旦大學出土文獻與古文字研究中心研究生讀書會：〈《上博（七）凡物流形》重編釋文〉，復旦大學出土文獻與古文字研究中心（http://www.gwz.fudan.edu.cn/SrcShow.asp?Src_ID=581，2008年12月31日）。

到了一就會有人民群眾，做到了一就會有萬民的利益，做到了一就
會成為天地的楷模。〔註605〕

　　心怡案：「鼠-」在上文中已經討論過，目前學界大抵認為應釋為「一」，
在此不再贅述。「一言」應該就指「一句話」來說，如《論語・子路》：「定公
問：「一言而可以興邦，有諸？」孔子對曰：「言不可以若是其幾也！人之言
曰：『為君難，為臣不易。』如知為君之難也，不幾乎一言而興邦乎？」曰：
「一言而喪邦，有諸？」孔子對曰：「言不可以若是其幾也！人之言曰：『予
無樂乎為君，唯其言而莫予違也。』如其善而莫之違也，不亦善乎？如不善
而莫之違也，不幾乎一言而喪邦乎？」又《論語・衛靈公》：「子貢問曰：『有
一言而可以終身行之者乎？』子曰：『其恕乎！己所不欲，勿施於人。』」

　　「一言而力不窮」即「一句話就可以發揮其效用」。

【2】力

　　簡文甲本簡20作【图】形，乙本簡14作【图】形（下以△代之）。

　　原考釋者曹錦炎釋為「禾」。〔註606〕

　　復旦讀書會以為是「夂」的錯字，讀為「終」。〔註607〕

　　宋華強同意釋為「禾」，讀為「和」，應和之意。簡文「和不窮」即應言而
不窮。〔註608〕

　　禤健聰認為：「楚簡『禾』或從『禾』之字屢見，從無作此形者，試比較同
篇甲本簡29『利』字的寫法即可明瞭。」所以禤先生釋為《說文》釋為「木之
曲頭，止不能上也」的「禾」字，讀為「藜」。〔註609〕

〔註605〕廖名春：〈《凡物流形》校讀零箚（二）〉，武漢大學簡帛網（http://www.confucius
　　　　2000.com/qhjb/fwlx4.htm，2008年12月31日）。

〔註606〕馬承源主編：《上海博物館藏戰國楚竹書（七）》，（上海：上海古籍出版社，2008
　　　　年12月），頁260。

〔註607〕復旦大學出土文獻與古文字研究中心研究生讀書會：〈《上博（七）凡物流形》重
　　　　編釋文〉，復旦大學出土文獻與古文字研究中心（http://www.gwz.fudan.edu.cn/Src
　　　　Show.asp?Src_ID=581，2008年12月31日）。

〔註608〕宋華強：〈《上博（七）・凡物流形》散箚〉，武漢大學簡帛網（http://www.bsm.org.cn/
　　　　show_article.php?id=958，2009年1月6日）。

〔註609〕禤健聰：〈上博（七）零箚三則〉，武漢大學簡帛網（http://www.bsm.org.cn/show_article.

蘇建洲學長認爲簡文△字應釋爲「力」：

《容成氏》28 的「劤（飭）」字作：其「力」旁作：摹本：還有《說文》古文「虎」作：

宋華強先生認爲此形體是由《新蔡》的「勴」字演變來的。他說：

把「力」旁第二筆的起筆寫在靠上一些，與第一筆的起筆齊平，整個形體再寫得瘦長一些，就有可能訛變爲類似上揭古文下部中間「」那樣的形體。戰國璽印文字中的「力」旁有的就已經和「」很相近了，例如：（《璽彙》3168）。

換言之，宋華強先生認爲形是「力」旁。再將相關「力」字羅列如下供比較：（《容成氏》）（《說文》古文「虎」旁）（甲 20）（乙 14）看得出來乙本 14 很似「力」字，甲本則是筆法稍有訛變，但還是偏向「力」形。這如同曹錦炎先生所說：「據乙本，簡文有抄漏、抄錯的現象。（甲本）書法疏朗，未及乙本工整。」依照《漢語大辭典》解釋說：「（力）本指制法成治之功，後泛指功勞。」如：《周禮・夏官・司勳》：「事功曰勞，治功曰力。」《晏子春秋・諫上十二》：「昔吾先君桓公，以管子爲有力，邑狐與穀，以共宗廟之鮮」，張純一注：「力，功也。」《漢書・王商傳》：「擁佑太子，頗有力焉。」亦可參《故訓匯纂》「力」字下義項（28-29）「治功」、（30-36）「功也」。簡文的「力」也是偏向這個意思。至於「轚」，筆者贊同復旦讀書會及宋華強先生釋爲「窮」。所以簡文讀作「一言而力不窮」，意思是說「一言而功效無窮」。《說苑・談叢》：「百行之本，一言也。一言而適，可以卻敵；一言而得，可以保國。」簡文曰：「一言而力不窮，一言而有衆，一言而萬民之利，一言而爲天地稽。」「一言」既可「卻敵」、

php?id=970，2009 年 1 月 14 日）。

「保國」，自然可以「有眾」、也是「萬民之利」，所以說「一言」

乃「力無窮」，即「功無窮」。〔註610〕

　　心怡案：據上所述，學者看法有四，分別隸作「禾」、「夊」、「禾」、「力」。
楚系文字「禾」字作：

1.包·2·254	2.包·2·169	3.曾·174	4.包·2·簽	5.上博一·孔·24	6.上博二·容·34

與△字的字形相差甚遠，禤健聰將△字與簡 29 的 （利）字比較，已經指出
△字與「禾」字形體不同。

　　至於將△字釋爲「禾」，蘇建洲學長提出二點不能釋爲「禾」的理由：一
是引用劉釗說法：「在古文字及後世典籍中，從未見『禾』字單獨使用的例子，
也就是說『禾』字很可能並不是一個可以獨立的形體。《說文》設立『禾』部，
不過是因爲『稽』字等字無法統屬的緣故。」〔註611〕二是釋爲「禾」讀爲「藜」，
還必須配合下一字 改釋爲「𦉪」讀爲「苞」，不確定因素較大。〔註612〕

　　第三，將△字認爲是「夊」的錯字，讀爲「終」。楚系從「夊」之字作：

1.郭·語一·107	2.上博一·孔·9	3.上博二·容·5	4.包·2·140	5.望·1·112	6.九店·56·38

上列諸字，與△字字形上稍有不同。第一，「夊」字左上爲一撇，而△字則否；
第二，就筆畫數來說「夊」需要三筆，而△字就圖版來看，只有二筆。另外，
除非有相關例證，否則不可輕易將簡文視爲錯字。

　　第四，將△字釋爲「力」字，蘇建洲學長之說可從。「力」又見甲本簡 30
衍文部分作 形，與乙本的△字字形相同。

〔註610〕蘇建洲：〈釋《凡物流形》「一言而力不窮」〉，復旦大學出土文獻與古文字研究中
　　　　心（http://www.gwz.fudan.edu.cn/SrcShow.asp?Src_ID=674，2009 年 1 月 20 日）。

〔註611〕劉釗：《古文字考釋叢稿》，（長沙：嶽麓書社，2005 年 7 月），頁 357。

〔註612〕蘇建洲：〈釋《凡物流形》「一言而力不窮」〉，復旦大學出土文獻與古文字研究中
　　　　心（http://www.gwz.fudan.edu.cn/SrcShow.asp?Src_ID=674，2009 年 1 月 20 日）。

【3】貪（窮）

簡文甲本簡 20 作 形，乙本簡 14 作 形（下以△代之）。對於字形的

隸定目前說法有三，分別爲「仐」、「貪」、「穿」等說法，茲分別敘述如下：

一、隸定爲「仐」

原考釋曹錦炎將△字隸定爲「仐」，同「陰」，訓爲弱小之意。〔註613〕

二、隸定爲「貪」，讀爲「窮」

復旦讀書會隸定爲「貪」，讀爲「窮」。〔註614〕

宋華強亦認爲讀爲「窮」：

劉剛先生指出：「竆字從今聲，今屬侵部。簡文此二字的寫法是

冬、侵二部關係密切的又一證據。」」「窮」從「躬」聲，《詩·邶

風·谷風》「我躬不悅」，《禮記·表記》引「躬」作「今」，是其證。

〔註615〕

三、隸定爲「穿」，讀爲「窮」

李銳隸定爲「穿」，讀爲「窮」。〔註616〕

心怡案：仐字楚系文字作：

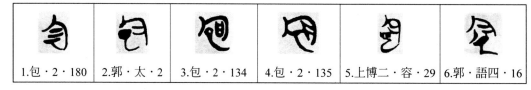

1.包·2·180	2.郭·太·2	3.包·2·134	4.包·2·135	5.上博二·容·29	6.郭·語四·16

上列字形爲「從雲，今聲」，爲「霒」之省文。〔註617〕形體與△字不同。

〔註613〕馬承源主編：《上海博物館藏戰國楚竹書（七）》，（上海：上海古籍出版社，2008
年 12 月），頁 259。

〔註614〕復旦大學出土文獻與古文字研究中心研究生讀書會：〈《上博（七）凡物流形》重
編釋文〉，復旦大學出土文獻與古文字研究中心（http://www.gwz.fudan.edu.cn/Src
Show.asp?Src_ID=581，2008 年 12 月 31 日）。

〔註615〕宋華強：〈《上博（七）·凡物流形》散箚〉，武漢大學簡帛網（http://www.bsm.org.cn/
show_article.php?id=958，2009 年 1 月 6 日）。

〔註616〕李銳：〈《凡物流形》釋文新編（稿）〉，清華大學簡帛研究（孔子 2000）
（http://www.confucius2000.com/qhjb/fwlx1.htm，2008 年 12 月 31 日）。

〔註617〕何琳儀：《戰國古文字典》（下），（北京：中華書局，2004 年 9 月），頁 1393。

　　其次，隸定爲「穽」也是有問題的，楚系文字的「穽」作：（郭店・窮・10）、（郭店・窮・11）、（郭店・窮・14）、（郭店・窮・15）等形，字形上半部爲「宀」，下半部爲「身」；而細察甲本的△字作形，其上半部爲「今」形。「今」，楚文字作「」（郭店・唐・17），因此將△字隸作「穽」似乎不夠準確。

　　因此本文主張△字應從復旦讀書會隸作「躸」，宋華強對於此字的說法可從。從音韻上來看，「今」屬見母侵部，「窮」屬群母冬部，聲母都是舌根音，冬、侵旁轉，關係密切。簡文此二句末字「窮」、「衆」正好爲冬部，可相韻。

　　「一言而力不窮、一言而有衆，一言而萬民之利，一言而爲天地旨」，即「一句話就能發揮其效用，一句話就能擁有群衆，一句話而使得萬民蒙其利，一句話能夠成爲天地之間的規準」。

〔14〕捸（握）之不涅（盈）捸（握），專（敷）【1】之無所訡（容）【2】。

【1】專（敷）

　　簡文甲本簡 29 作形，乙本簡 22 作形（下以△代之）。

　　原考釋曹錦炎隸定爲「專」，讀爲「敷」，分別、區分之意。《書・禹貢》：「禹敷土，隨山刊木，奠高山大川。」〔註618〕

　　心怡案：△字從原考釋者曹錦炎之隸定爲「專」，讀爲「敷」，然「敷」應訓爲「散佈、傳布。」之意。如《尚書・大禹謨》：「文命敷於四海，祇承於帝。」

【2】訡（容）

　　訡，簡文甲本簡 29 作形，乙本簡 22 作形（下以△代之）。

　　原考釋曹錦炎隸作「訡」，從「公」，「匀」聲，當爲「均」字異體。〔註619〕

〔註618〕馬承源主編：《上海博物館藏戰國楚竹書（七）》，（上海：上海古籍出版社，2008年 12 月），頁 271。

〔註619〕馬承源主編：《上海博物館藏戰國楚竹書（七）》，（上海：上海古籍出版社，2008年 12 月），頁 271。

孫飛燕隸定爲「𧥺」，讀爲「容」。〔註620〕

心怡案：△字應隸定爲「𧥺」，孫飛燕之說可從。「從勻之字」於楚系文字作：

1.包・2・88/軍	2.包・2・129/勻	3.九・56；85/勻	4.郭・成・7/均	5.郭，語三・2/軍	6.上博一・孔・22/韻

由上列字例來看，「勻」作「勻」或「勹」，多穿透前撇筆。

而「從今之字」作：

1.郭・語一・38	2.包・2・134	3.信・1・32	4.上博二・容・5	5.上博二・容・16	6.新蔡・甲二・135

「今」在楚系簡帛文字未見單字，於偏旁作「勻」，或於二橫筆前端加豎筆作勻，與「勻」字相似。然楚系簡帛「勻」字作𧥺，細審字形，右旁所從爲「今」，字當讀爲「容」。「容」，《說文》：「盛也。從宀、谷。臣鉉等曰：屋與谷皆所以盛受也。𡆥，古文容從公」。故𧥺可讀爲「容」。

「搽（握）之不（涅）盈握，專（敷）之無所容」，皆是在講「道」體的功用。《老子・三十四章》：「萬物恃之而生而不辭，功成而不有，衣養萬物而不爲主。常無欲，可名於小；萬物歸焉而不爲主，可名爲大。」即萬物都依靠著它（道）生長，它卻不加以干預；它成就了萬物，卻不居其功；養育萬物，卻不主宰萬物。道體隱微虛無，所以可說它很渺小；但其用無窮，作育萬物，使萬物歸附而不知其所由，所以可說它很偉大。因此「握之不盈握，敷之無所容」即「道體隱微虛無，渺小得令人無法掌握住；但其功用卻無窮遠大，遍佈天地而沒有什麼可以含納它」。

三、小 結

本章內容思想與道家非常相近，首句即以「一生兩，兩生厽（參），厽（參）

〔註620〕孫飛燕：〈讀《凡物流形》劄記〉，清華大學簡帛研究（孔子20000）（http://www.confucius2000.com/admin/list.asp?id=3862，2009年1月1日）。

生女（母），女（母）成結」揭櫫主旨。說明對「一（道）」之形容，如何去涵養及對「道」的運用及功用，分述如下：

（一）對道之形容：道，是天地形成的本始，萬物創生的根源，故曰：「一生兩，兩生厽（參），厽（參）生女（母），女（母）成結」、「有鼠（一），天下無不有；無鼠（一），天下亦無鼠（一）有。」、「無[目]而知名，無耳而䎽（聞）聲」。「草木旻（得）之以生，禽獸旻（得）之以䲙（鳴）」。

（二）對道體之涵養：「道」，不必遠求，從己身做起，不縱情於身外之聲色貨利，自然能夠體察「一（道）」之內涵。故簡文曰：「如欲戩（察）鼠（一），卬（仰）而視之，佝（俯）而癸（揆）之，毋遠求㡳（度），於身旨（稽）之。」又曰「女（如）不能戩（察）鼠（一），則【凡甲22】百勿（物）鼻（具）遊（失）。」不單單只是從己身做起，若已體察道之幽微奧妙，則必須要持續奉行，視為天地間最高準則，故簡文曰：「守鼠（一）以為天地旨」。

（三）道體之運用及功用：若能體察道之幽微，以及能夠涵養「道」，則「道」便能充份發揮其功用，如簡文說：「旻（得）一[而]悥（圖）之，女（如）併天下而虘（怚）之；旻（得）鼠（一）而思之，若併天下而詞（治）之。」又說：一言而力不躳（窮），一言而有眾，一言而萬民之利，一言而為天地旨。操（握）之不（涅）盈握，專（敷）之無所岺（容）。大之以知天下，小之以詞（治）邦。」

第四章 結 論

本章分成兩節，依序呈現「研究成果整理及「尚待解決之問題」兩部分。

第一節 研究成果整理

一、全篇釋文

（一）〈凡物流形〉甲本

凸（凡）勿（物）流型（形），系（奚）旻（得）而城（成）？流型（形）城（成）豐（體），系（奚）旻（得）而不死？既城（成）既生，系（奚）募（顧）而鳴（名）？既臬（本）既根，系（奚）迭（後）【凡甲一】之系（奚）先？仌（陰）易（陽）之處，系（奚）旻（得）而固？水火之和，系（奚）旻（得）而不砡（差）？

舀（問）之曰：民人流型（形），系（奚）旻（得）而生？【凡甲二】流型（形）成豐（體），系（奚）遊（失）而死？有旻（得）而城（成），未知左右之請（情），天陸（地）立多（終）立慇（始）：天降五旡（度），虗（吾）系（奚）【凡甲三】臭（衡）系（奚）從（縱）？五戁（氣）齊至，虗（吾）系（奚）異系（奚）同？五音在人，箮（孰）爲之公？九图（圍）出誨（謀），箮（孰）爲之佳（封）？虗（吾）既長而【凡甲四】或老，孰爲辥（薦）奉？

·283·

　　褢（鬼）生於人，系（奚）故神璺（明）？骨肉之既梌（靡），其智愈暲（彰），其夬（慧）系（奚）適（敵），筸（孰）智（知）【凡甲五】其疆？褢（鬼）生於人，虗（吾）系（奚）古（故）事之？骨肉之既梌（靡），身豊（體）不見，虗（吾）系（奚）自食之？其埜（來）無凥（度）【凡甲六】，虗（吾）系（奚）旹（待）之？窒（隋）祭員（焄）奚进（登）？虗（吾）如之何使歔（飽）？川（順）天之道，虗（吾）系（奚）以爲首？虗（吾）欲旻（得）【凡甲七】百姓之和，虗（吾）系（奚）事之？（旻）天之明系（奚）得？鬼之神系（奚）食？先王之智系（奚）備？【凡甲八】

　　銛（問）之曰：进（登）【凡甲八】高從埤（卑），至遠從迩（邇）。十回（圍）之木，其訇（始）生女（如）蒴（蘗）。足將至千里，必從弅（寸）始。日之有【凡甲九】珥，將何聽？月之有暈，酒（將）可（何）正（征）？水之東流，酒（將）何涅（盈）？日之訇（始）出，何古（故）大而不熠（炎）？其入（日）【凡甲十】中，系（奚）古（故）小雁（焉）暲戝（暑）？問：天筸（孰）高與（歟）？地筸（孰）遠與（歟）？筸（孰）爲天？筸（孰）爲地？筸（孰）爲雷【凡甲一一】神（電）？筸（孰）爲啻（霆）？土系（奚）旻（得）而平？水系（奚）旻（得）而清？草木系（奚）旻（得）而生？【凡甲一二Ａ】禽獸系（奚）旻（得）而鳴？【凡甲一三Ｂ】夫雨之至，筸（孰）霝（唾）津之？夫屳（風）之至，筸（孰）颰（噓）飂（吸）而进之？【凡甲14】

　　銛（問）之曰：戠（察）道，坐不下筈（席）；耑（端）曼（冕）【凡甲一四】書（圖）不與事，先知四海，至聽千里，達見百里。是故聖人凥（處）於其所，邦豪（家）之【凡甲一六】（危）伮（安）存亡，惻（賊）愻（盜）之复（作），可先知。

　　銛（問）之曰：心不勝（勝）心，大亂乃作；心女（如）能勝（勝）心，【凡甲二六】是謂小徹。系（奚）謂小徹？人白爲戠（察）。系（奚）以知其白？冬（終）身自若。能寡言，虗（吾）能鼠－（一）【凡甲一八】虗（吾），夫此之謂省（小）成。

　　曰：百眚（姓）之所貴唯君，君之所貴唯心，心之所貴唯鼠－（一）。旻（得）而解之，上【凡甲二八】寽（賓）於天，下番（蟠）於囷（淵）。坐而思之，審（謀）於千里；记（起）而用之，絾（申）於四海。

飼（聞）之曰：至情而智【凡甲一五】斀（察）智而神，斀（察）神而同，[斀（察）同]而佥，斀（察）佥而困，斀（察）困而遆（復）。是故陳爲新，人死遆（復）爲人，水遆（復）【凡甲二四】於天咸。百勿（物）不死女（如）月，出則或入，冬（終）則或詢（始），至則或反（返）。斀（察）此言，记（起）於一耑（端）。【凡甲二五】

飼（聞）之曰：一生兩，兩生晶（參），參生女（母），女（母）成結。是故有鼠（一），天下無不有；無鼠（一），天下亦無鼠（一）有。無【凡甲二一】[目]而知名，無耳而飼（聞）聲。草木寻（得）之以生，禽獸寻（得）之以鳴。遠之矢【凡甲一三 A】天，宓（近）之羊（事）人，是故【凡甲一二 B】斀（察）道，所以攸（修）身而詝（治）邦家。

飼（聞）之曰：能斀（察）鼠（一），則百勿（物）不遊（失）；女（如）不能斀（察）鼠（一），則【凡甲二二】百勿（物）鼻（具）遊（失）。如欲斀（察）鼠（一），印（仰）而視之，佰（俯）而揆之，毋遠求厇（度），於身旨（稽）之。寻（得）一[而]【凡甲二三】悥（圖）之，女（如）併天下而慮（挅）之；寻（得）鼠（一）而思之，若併天下而詝（治）之。守鼠（一）以爲天地旨。【凡甲一七】是故鼠（一），咀之有味，敜（嗅）[之有臭]，鼓之有聲，忘（近）之可見，操之可操，捈（握）之則遊（失），敗之則【凡甲一九】槁，賊之則滅。斀（察）此言，起於一耑（端）。

飼（聞）之曰：一言而力不䜇（窮），一言而有眔【凡甲二〇】一言而萬民之利，一言而爲天地旨。捈（握）之不（涅）盈握，專（敷）之無所容。大【凡甲二九】之以知天下，小之以治邦。【凡甲三〇】

（二）〈凡物流形〉乙本

凸（凡）勿（物）流型（形），系（奚）寻（得）而城（成）？流型（形）城（成）豊（體），系（奚）寻（得）而不死？既城（成）既生，系（奚）募（顧）而鳴（名）？既梟（本）既根，系（奚）逡（後）【凡乙一】之系（奚）先？佥（陰）易（陽）之尻（處）系（奚）寻（得）而固？水火之和，系（奚）寻（得）而不碰（差）？

飼（問）之曰：民人流型（形），系（奚）寻（得）而生？流型（形）成豊（體），系（奚）遊（失）而死？有寻（得）而城（成），未【凡乙二】知左右

之請（情），天陘（地）立多（終）立慇（始）：天降五氏（度），虗（吾）系（奚）臭（衡）系（奚）從（縱）？五燹（氣）齊至，虗（吾）系（奚）異系（奚）同？五音在人，箮（孰）為之【凡乙三】公？九囡（圍）出誨（謀），箮（孰）為之佳（封）？虗（吾）既長而或老，孰為辧（薦）奉？

褪（鬼）生於人，系（奚）故神睪（明）？骨肉之【凡乙四】既秫（靡），其智愈暲（彰），其【凡乙一一B】其夬（慧）系（奚）適（敵），箮（孰）智（知）其疆？褪（鬼）生於人，虗（吾）系（奚）古（故）事之？骨肉之既秫（靡），身豐（體）不見，虗（吾）系（奚）自食之？其坴（來）無氏（度）【凡乙五】虗（吾）系（奚）皆（待）窒（隋）祭員（焄）奚迓（登）？虗（吾）如之何使歔（飽）？川（順）天之道，虗（吾）系（奚）以為首？虗（吾）【凡乙六】欲尋（得）百姓之和，虗（吾）系（奚）事之？（旻）天之明系（奚）得？鬼之神系（奚）食？先王之智系（奚）備？

餌（問）之曰：迓（登）高從埤（卑），至遠從迩（邇）。十囘（圍）之木，其訂（始）生女（如）萌（蘗）。足將至千里，必【凡乙七】從夺（寸）始。日之有珥，將可（何）聽？月之有暈，牊（將）可（何）正（征）？水之東流，牊（將）何涅（盈）？日之訂（始）出，何古（故）大而不謌（炎）？其入（日）中，系（奚）【凡乙八】古（故）小雁（焉）暲皷（暑）？問：天箮（孰）高與（歟）？地箮（孰）遠與（歟）？箮（孰）為天？箮（孰）為地？箮（孰）為雷神？箮（孰）為啻（霆）？土系（奚）尋（得）而平？水系（奚）尋（得）而清？草木系（奚）尋（得）而生？禽獸系（奚）尋（得）而鳴？夫雨之至，箮（孰）霻（唾）津之？夫旮（風）之至，箮（孰）颰（嘘）飆（吸）而迸之？

餌（問）之曰【凡乙九】戱（察）道，坐不下笘（席）；岩（端）曼（冕）【凡乙一○A】書（圖）不與事，先知四海，至聽千里，達見百里。是故聖人尻（處）於其所，邦【凡乙一一A】豖（家）之础（危）伮（安）膺（存）忘（亡），惻（賊）惢（盜）之复（作），可先智（知）。餌（問）之曰：心不勅（勝）心，大亂乃复（作）；心女（如）能勅（勝）心【凡乙一九】是謂小徹。系（奚）謂小徹？人白為戱（察）。系（奚）以知其白？多（終）身自若。能寡言，虗（吾）能鼠-（一）虗（吾），夫【凡乙一三A】此之謂省（小）成。

曰：百眚（姓）之所貴唯君，君之所貴唯心，心之所【凡乙20】貴唯鼠-

（一）。尋（得）而解之，【凡乙二一】上方（賓）於天，下番（蟠）於淵。坐而思之，詴（謀）於【凡乙一〇B】千里；記（起）而用之，練（申）於四海。

飼（聞）之曰：至情而知（智），戠（察）智而神，戠（察）神而同，戠（察）同而僉，戠（察）僉而困，戠（察）困而遉（復）。是故陳爲新，人死遉（復）爲人，水遉（復）【凡乙一七】於天咸。百勿（物）不死女（如）月，出則或入，多（終）則或詞（始），至則或反（返）。戠（察）此言，記（起）於一耑（端）。

飼（聞）之曰：一生兩，【凡乙一八】兩生晶（參），參生女（母），女（母）成結。是故有鼠-（一），天下無不有；無鼠-（一），天下亦無鼠-（一）有。無目而知名，無耳而飼（聞）聲。草木尋（得）之以生，禽獸尋（得）之以鳴。遠之矢天，忘（近）之羊（事）人，是故戠（察）道，所以攸（修）身而詴（治）邦家。

飼（聞）之曰：能戠（察）鼠-（一），則百勿（物）不遉（失）；女（如）不能戠（察）鼠-（一），則百勿（物）具遉（失）。如欲戠（察）鼠-（一），卬（仰）而視之，俈（俯）而揆之，毋遠求尾（度），【凡乙一五】於身旨（稽）之。尋（得）一而煮（圖）之，女（如）【凡乙一六】併天下而虜（捆）之；尋（得）鼠-（一）而思之，若併天下【凡乙一二】而詴（治）之。守鼠-（一）以爲天地旨。是故鼠-（一），咀之有味，敚（嗅）[之有臭]，鼓之有聲，【凡乙一三B】忘（近）之可見，操之可操，搵（握）【凡乙一四A】之則遉（失），敗之則槁，賊之則滅。戠（察）此言，起於一耑（端）。

飼（聞）之曰：一言而力不惉（窮），一言而有眾【凡乙一四B】一言而萬民之利，一言而爲天地旨。搵（握）之不（涅）盈握，專（敷）之無所容。大之以智（知）天下，小之以治邦。【凡乙二二】

二、語　譯

萬物是依據什麼而形成的呢？生成形體之後，又怎麼能夠不死？已經形成誕生了，又可觀照什麼來命名呢？既然都是根本，那麼又如何判定誰先誰後？陰陽處在這個世界，爲何能如此穩固？水火之間如此和諧，爲什麼能沒有差錯？

　　有人問：「人類成形，是依據什麼形成的呢？生成形體之後，失去什麼會死去？人稟上天之性而形成、擁有生命，卻不知道這是天地間陰陽生成運行的道理。天地間是存在著終點與起始。上天給予五行規律，我該如何遵循？五氣一齊來到，我將避開什麼？接受什麼？五音由人而出，但是誰讓五音合乎音律？生民之初，全天下都在爲封邦建國籌劃，最後是由誰來分封他們呢？

　　我老了誰來侍奉？死去了誰來祭拜呢？鬼是由人死後而產生的，爲什麼會如此神妙聰明？身體的骨肉都已經腐化了，袖的智慧卻更加彰顯，袖的才智誰能夠匹敵？誰又能知道袖的底限？

　　鬼是由人死後而產生的，我爲什麼要侍奉他？身體的骨肉都已經腐化，身體也已經不見了，我要怎麼去祭祀他？？袖們來去沒有一定時間，我如何對待他們才是合於時宜？隋祭的香氣如何上達於天？我如何才能知道袖們已經飽足了？遵循天道，我該以何者爲主載（優先）？我想要得到百姓團結和諧，我該如何侍奉他？

　　上天的聰明是如何得到？人鬼的神奇玄妙是如何養成？先王的智慧是如何完備的呢？

　　有人問：「登高山必定要從低處起步，走遠路，必定要從近處開始。兩手合抱的大樹，也是從小芽開始長起。想要到達千里之遠，必定要從一寸一寸慢慢開始累積。太陽出現了日珥，將要聽什麼呢？月亮出現了月暈，將要表達什麼徵象呢？水不斷地向東流，將要填滿什麼呢？太陽剛開始陞起時，爲什麼體積很大卻不會炎熱？等到正午時，爲什麼體積很小卻很炎熱？

　　有人問：天有多高？地有多遠？誰又是天？誰又是地？誰是雷？誰是閃電？土地爲什麼是平坦的？水爲什麼會是清澈透明的？草木又因什麼而得以生長？禽鳥野獸又因爲什麼而可以鳴叫？說到下雨，是誰在天上吐水？風吹來了，是誰在呼吸吐納散發出來的？

　　聽說，在上位者只要能夠明白瞭解「道」，則可不必離開席位、四處奔波；穿著正式的朝服，爲天下人籌劃，不去干涉人民的一舉一動，卻可以預知天下形勢，極聽千里，遍見百里，所以聖人居處在住所，但是國家的安危存亡、盜賊的興起，都可以預先知情。

　　有人問：義理之心不能超越官能之心，那麼災禍就要產生；義理之心如

果能夠超越官能之心，就能達到澄澈通明的智慧，這就叫小徹。什麼叫小徹呢？所謂小徹，就是能夠明白自己達到澄清通達的智慧。怎麼樣才能知道自己達到澄清通達的智慧呢？就是終其一生都能自然而然奉行不失。

能夠不好發言論，能夠謹慎其心施行天之道，這就叫「小成」。有人說：「普天之下的百姓以君王為尊貴，君王要以「心」為最尊貴，「心」則是要以「一（道）」為最尊貴。若能明白這個道理，向上可以到達上天，往下可以遍及天下百姓。坐在居所思考，卻能夠運用這個道理籌劃千里之外，擴展至全天下。

有人說：「當人達到了心靈安寧靜默時，智慧便能產生了；明辨瞭解智慧後，就能瞭解萬物變化的神奇玄妙；明辨瞭解了萬物神奇玄妙之理後，就能瞭解萬物共同的規律；明辨、瞭解萬物共同的規律，就能明白萬物生成的遍普原理原則；明辨瞭解萬物生成的遍普原理，就能瞭解萬物有窮盡困極的時候；明辨瞭解萬物總有窮盡困極的時候，就能夠明白萬物困極之後，能再回復原本清明澄澈的心智狀態。所以陳舊的事物會復返為新，人死後會復返再成為人，水是由上天降下，最後會再復返回上天的咸池，萬物隨天道運行迴環往復，就如月亮由圓而缺，由缺而圓的規律，出往又回歸，終止後又重新開始，到達終點後又回返到起始一般。」細察這一段話，皆是由於「一（道）」的緣故。

聽說：「道是萬物化生的總原則，依照這個原則，生出一種氣，這種氣又化分成陰陽兩氣，陰陽兩氣交合，於是產生了和氣，陰陽兩氣不斷的交合，不斷的創生，於是便繁衍出萬物之母，而聚合而生出萬物了。」所以，有了一（道），天下就什麼都有了；沒有了一（道），天下就什麼都沒有了。沒有眼睛卻知道名稱，沒有耳朵，卻能聽到聲音。草木得到一（道）才得以生長；禽獸得到一（道）才能夠鳴叫。遠的方面可以事奉上天，近的方面則可以施善治理人民，因此體察道之幽微，可以修養自身，進而治理國家。

據說：「能夠體察一（道）之幽微，那麼萬物就不會喪失；如果無法體察一（道）之幽微，那麼就會喪失萬物。如果想要體察一（道）的幽微玄妙，仰天而看，俯地勘察審度，不必向遠外求取原則，從己身為準則做起。得到了一而去圖謀策畫，就好像可以取得天下而掌握他；得到了一而去思考，就好像可以取得天下而去治理他。遵守一（道）作為天下的準則。所以一（道），

品嘗他則有味道，用鼻子去聞則有氣味，拍擊他而有聲音，靠近他則可以看見，持有道，則可掌握運用道，有意的去掌握道，就會失去道；破壞道的規律，就會枯槁；賊害道的運行，就會招來滅亡。」若能體會瞭解這句話，都是起於「道」的緣故。

據說：一句話就能發揮其效用，一句話就能擁有群眾，一句話而使得萬民蒙其利，一句話能夠成爲天地之間的規準。道體隱微虛無，渺小得令人無法掌握住；但其功用卻無窮遠大，遍佈天地而沒有什麼可以含納它。在大的方面可以遍知天下之事，小的方面則可以治理邦國。

第二節　尚待解決之問題

本書在簡的歸屬及釋字方面，礙於材料，目前仍無法順利釋出，茲將要點敘述如下：

一、〈凡物流形〉第 27 簡，目前學者有將之歸入《上博六，愼子曰恭檢》中，但《上博六，愼子曰恭檢》本身簡序及思想問題複雜，因此還須仰賴更多的證據補充。

二、[字]（凡甲八），此字正好位於編繩上，尤以左半部筆畫殘泐難辨，乙本此字又殘，無法兩相比較。本書暫從「旻」字說法，「旻天」即是「天」，於文意上是比較合理通順之說。

三、[字]（凡甲一一），此字構形特殊，尚未發現相同或相近的字。而學者眾說紛云，有隸定爲「雁」，讀爲「焉」、隸定爲「佳」讀作方或豐、隸作「佳」釋爲「益」。就文意考量下，暫從讀爲「焉」說法。

四、[字]（凡甲一九）、[字]（凡乙一三）、[字]（凡乙一三）此三字，右半部的字形或殘泐或模糊不清，難以判斷爲何字。

五、「日之訇（始）出，何古（故）大而不闇（炎）？其入（日）中，系（奚）古（故）小雁（焉）曋鼓（暑）？」此句大意略可窺知，然其中有未識字，期待更多材料，助於分析，梳通文意。

六、「一生兩，兩生晶（參），晶（參）生女，女成結」：本書採秦樺林說法，將「女」視爲「氣」，「結」視爲「萬物」，如此一來，與傳世本《老子》：

「道生一，一生二，二生三，三生萬物」所要闡明的道理便相同了，但仍有討論空間。

　　本書以《上海博物館藏戰國楚竹書（七）‧凡物流形》爲題，針對此篇竹簡材料加以整理與討論，試圖通過各角度探討相關說法，以期對於簡文能有所瞭解與問題的釐清，然仍有不足之處，有待能有更多的出土文獻，做更進一步的研究與討論。

參考書目

（一）古籍（以作者姓氏筆劃爲序）

四劃

　1. 王弼注：《老子》，臺北：中華書局，1987 年。

　2. 王先謙：《莊子集解》，臺北：臺灣商務，1968 年。

七劃

　1. 阮元校勘：《十三經注疏附校勘記》（一至八冊），臺北：藝文印書館，2001 年。

十劃

　1. 孫武：《管子》，臺北：商務印書館，1983 年。

十一劃

　1. 許愼：《説文解字》，香港：中華書局，2003 年 7 月。

　2. 郭象注：陸德明音義：《南華眞經十卷》，臺北：臺灣商務印書館，1965 年。

　3. 陶宏景注：《鬼谷子》，臺北：世界書局，1958 年。

　4. 郭忠恕、夏竦編：《汗簡》、《古文四聲韻》合刊本，北京：中華書局。1983 年 12
　　月。

十二劃

　1. 揚雄：《方言》，臺北：商務，1979 年。

十四劃

　1. 劉安：《淮南子》，臺北：藝文印書館，影鈔宋本淮南鴻烈解二十一卷，1959 年。

十七劃

1. （周）韓非：《韓非子》，上海：上海商務，1936 年。

（二）專　書

三劃

1. 于省吾主編、姚孝遂按語：《甲骨文字詁林》，北京：中華書局，1999 年 12 月。

四劃

1. 王國維：《觀堂古金文考釋》五卷，臺北：臺灣商務印書館，1976 年。

2. 王輝編著：《古文字通假字典》，北京：中華書局，2008 年 2 月。

3. 中國社會科學院考古研究所編：《甲骨文編》，北京：中華書局，1986 年。

4. 中國社會科學院考古研究所編：《殷周金文集成》，北京：中華書局，1984-1994。

5. 中國社會科學院考古研究所編：《殷周金文集成釋文》（1-6 卷），香港，香港中文大學中國文化研究所，2001 年 10 月。

6. 中山大學古文字研究所編：《康樂集－曾憲通教授七十壽慶論文集》，2006 年 1 月。

五劃

1. 古文字詁林編纂委員會：《古文字詁林》第 1 冊，上海：上海教育出版社，1999 年 12 月。

2. 古文字詁林編纂委員會：《古文字詁林》第 2 冊，上海：上海教育出版社，2000 年 12 月。

3. 古文字詁林編纂委員會：《古文字詁林》第 3 冊，上海：上海教育出版社，2001 年 12 月。

4. 古文字詁林編纂委員會：《古文字詁林》第 4 冊，上海：上海教育出版社，2001 年 12 月。

5. 古文字詁林編纂委員會：《古文字詁林》第 5 冊，上海：上海教育出版社，2002 年 12 月。

6. 古文字詁林編纂委員會：《古文字詁林》第 6 冊，上海：上海教育出版社，2003 年 12 月。

7. 古文字詁林編纂委員會：《古文字詁林》第 7 冊，上海：上海教育出版社，2002 年 12 月。

8. 古文字詁林編纂委員會：《古文字詁林》第 8 冊，上海：上海教育出版社，2003 年 12 月。

9. 古文字詁林編纂委員會：《古文字詁林》第 9 冊，上海：上海教育出版社，2004 年 11 月。

10. 古文字詁林編纂委員會：《古文字詁林》第 10 冊，上海：上海教育出版社，2004 年 12 月。

11. 古文字詁林編纂委員會：《古文字詁林》第 11 冊，上海：上海教育出版社，2004年 12 月。

12. 古文字詁林編纂委員會：《古文字詁林》第 12 冊，上海：上海教育出版社，2004年 12 月。

13. 白於藍：《簡牘帛書通假字字典》，福州：福建人民出版社，2008 年 1 月。

六劃

1. 竹添光鴻：《毛詩會箋》（第 4 冊），臺北：大通書局，1970 年。

七劃

1. 余師培林：《新譯老子譯本》，臺北：三民書局，1993 年 1 月。

2. 余師培林：《詩經正詁》：臺北：三民書局，2005 年 2 月。

3. 朱心怡：《天之道與人之道—郭店楚簡儒道思想研究》，臺北：文津出版社，2004年 5 月。

4. 何琳儀：《戰國古文字典——戰國文字聲系（上、下冊）》，北京：中華書局，1998年。

5. 何琳儀：《戰國文字通論》，南京：江蘇教育出版社，2003 年 1 月。

6. 李孝定編述：《甲骨文字集釋》，臺北市：中央研究院歷史語言研究所，1965 年。

7. 李零、劉新光整理《汗簡及古文四聲韻合校本》，北京：中華書局，1982 年 11 月初版。

8. 李零：《郭店楚簡校讀記》【增訂本】，北京：中國人民大學出版社，2007 年。

9. 李守奎：《楚文字編》，上海：華東師範大學出版社，2003 年。

10. 李守奎編著：《上海博物館藏戰國楚竹書（一至五）文字編》，北京：作家出版社，2007 年 12 月初版。

八劃

1. 周法高主編：《金文詁林》，香港：香港中文大學，1974 年。

2. 周法高主編：《金文詁林附錄》（上），（臺北：中央研究院歷史語言研究所），1982年。

3. 河南省文物研究所編：《信陽楚墓》，北京：文物出版社，1986 年。

4. 林清源：《楚國文字構形演變研究》，東海大學中國文學系博士論文，1997 年 12月。

5. 林義光：《詩經通解》，臺北：中華書局，1971 年。

6. 河南省文物考古隊編著：《新蔡葛陵楚墓》，鄭州：大象出版社，2003 年。

7. 季師旭昇：《說文新證（上）》，臺北：藝文印書館，2002 年 10 月初版。

8. 季師旭昇：《說文新證（下）》，臺北：藝文印書館，2004 年 10 月初版。

9. 季師旭昇：《甲骨文字字根研究》，臺北：文史哲出版社，2003 年 12 月。

10. 季師旭昇主編：《上海博物館藏戰國楚竹書（一）讀本》，臺北：萬卷樓，2004 年。

11. 季師旭昇主編：《上海博物館藏戰國楚竹書（二）讀本》，臺北：萬卷樓，2003 年。

12. 季師旭昇主編：《上海博物館藏戰國楚竹書（三）讀本》，臺北：萬卷樓，2005 年。

13. 季師旭昇主編：《上海博物館藏戰國楚竹書（四）讀本》，臺北：萬卷樓，2007 年。

14. 宗福邦、陳世鐃、蕭海波主編：《故訓匯纂》，北京：商務印書館，2004 年 3 月，第 2 刷。

九劃

1. 胡培翬：《儀禮正義》，臺北：商務書局，1968 年。

十劃

1. 唐蘭：《古文字學導論》，臺北：樂天出版社，1970 年 9 月初版。

2. 容庚編著：《金文編》，北京：中華書局，1985 年。

3. 高享、董治安：《古字通假會典》，濟南：齊魯書社，1989 年。

4. 荊門市博物館編：《郭店楚墓竹簡》，北京：文物出版社，1998 年。

5. 徐中舒：《甲骨文字典》，成都：四川辭書出版社，2003 年。

6. 馬承源主編：《上海博物館藏戰國楚竹書（一)》，上海：上海古籍出版社，2001 年。

7. 馬承源主編：《上海博物館藏戰國楚竹書（二)》，上海：上海古籍出版社，2002 年。

8. 馬承源主編：《上海博物館藏戰國楚竹書（三)》，上海：上海古籍出版社，2003 年。

9. 馬承源主編：《上海博物館藏戰國楚竹書（四)》，上海：上海古籍出版社，2004 年。

10. 馬承源主編：《上海博物館藏戰國楚竹書（五)》，上海：上海古籍出版社，2005 年。

11. 馬承源主編：《上海博物館藏戰國楚竹書（六)》，上海：上海古籍出版社，2007 年。

12. 馬承源主編：《上海博物館藏戰國楚竹書（七)》，上海：上海古籍出版社，2008 年。

十一劃

1. 張光裕主編、袁國華合編：《包山楚簡文字編》，臺北：藝文印書館，1992 年。

2. 張光裕主編：《郭店楚簡研究‧第一卷 文字編》，臺北：藝文印書館，1999 年 1 月初版。

3. 張光裕、黃德寬主編：《古文字學論集》，合肥：安徽大學出版社，2008 年 4 月。

4. 張亞初編著《殷周金文集成引得》，北京：中華書局，2001 年 7 月。

5. 陳鼓應著：《管子四篇詮釋：稷下道家代表作》，臺北：三民，2003 年。

6. 陳偉：《郭店竹書別釋》，武漢：湖北教育出版社，2003 年 1 月。

7. 陳偉：《楚地出土戰國簡冊【十四種】》，北京：經濟科學出版社，2009 年 9 月。

8. 陳師新雄：《聲韻學》，臺北：文史哲出版社，2005 年。

9. 陳昭容、鍾柏生、袁國華、黃銘崇編，《新收殷周青銅器銘文暨器影彙編》（一）、（二）、（附錄），臺北：藝文印書館，2006 年 4 月初版

10. 陳劍：《甲骨金文考釋論集》，北京：線裝書局，2007 年 4 月第一版

十二劃

1. 黃錫全：《汗簡注釋》，武漢：武漢大學出版社，1990 年 8 月。

2. 裘錫圭：《古文字論集》，北京：中華書局，1992 年 8 月。

3. 湖北省文物考古研究所、北京大學中文系編：《望山楚簡》，北京：中華書局，1995 年 6 月。

4. 湖北省文物考古研究所、北京大學中文系編：《九店楚簡》，北京：中華書局：2000 年 5 月。

5. 湖北省荊沙路考古隊著：《包山楚簡》，北京：文物出版社，1991 年。

6. 湯餘惠主編：《戰國文字編》，福州：福建人民出版社，2001 年。

7. 黃人二：《上海博物館藏戰國楚竹書（一）研究》，台灣：高文出版社，2002 年。

8. 黃德寬、何琳儀、徐在國著：《新出楚簡文字考》，合肥：安徽大學出版社，2007 年 3 月。

十五劃

1. 劉信芳：《包山楚簡解詁》，臺北市：藝文印書館，2003 年 1 月。

2. 劉釗：《郭店楚簡校釋》，福州：福建人民出版社，2003 年，12 月。。

3. 蕭旭：《古書虛詞旁釋》，揚州：廣陵書社，2007 年 2 月。

4. 滕壬生：《楚系簡帛文字編》【增訂本】，武漢：湖北教育出版社，2008 年 10 月。

二十劃

1. 羅福頤：《古璽文編》，北京：文物出版社，1981 年。

2. 羅福頤：《古璽彙編》，北京：文物出版社，1998 年。

（三）學位論文

三劃

1. 于智博：《《上海博物館藏楚竹書（四）》研究概況及文字編》，吉林大學碩士論文，2007 年 4 月）

四劃

1. 牛淑娟：《《上海博物館藏楚竹書（二）》研究概況及文字編》，吉林大學碩士論文，2005 年 4 月

2. 王鳳：《《上海博物館藏楚竹書（三）》的研究及文字整理》，東北師範大學碩士論文，2006 年 5 月

六劃

1. 曲冰：《《上海博物館藏楚竹書（三）》研究概況及文字編》，吉林大學碩士論文，2006 年 4 月。

七劃

1. 宋華強：《新蔡楚簡的初步研究》，北京大學博士論文，2007 年 5 月。

八劃

1. 林素清：《戰國文字研究》，國立台灣大學中國文學研究所博士論文，1984 年。

2. 金俊秀：《上海博物館藏戰國楚竹書（四）疑難字研究》，國立臺灣師範大學國文研究所碩士論文，2007 年。

十劃

1. 徐蕾：《上海博物館藏楚竹書（四）研究概況與文字整理》，（東北師範大學碩士論文，2006 年 5 月）

2. 高佑仁：《上海博物館藏戰國楚竹書（四）·曹沫之陣》研究》，國立臺灣師範大學國文研究所碩士論文，2007 年。

3. 連榮德：《上海博物館藏戰國楚竹書（三）仲弓研究》，國立台灣師範大學國文系在職進修碩士班，2008 年。

十一劃

1. 許學仁：《戰國文字分域與斷代研究》，國立台灣師範大學國文研究所博士論文，1986 年。

2. 張繼淩：《《上海博物館藏戰國楚竹書（四）·昭王毀室　昭王與龔之脽》研究》，國立臺灣師範大學國文研究所碩士論文，2007 年。

3. 陳嘉淩：《楚系簡帛字根研究》，國立臺灣師範大學國文研究所碩士論文，2002 年。

4. 陳惠玲：《《上海博物館藏戰國楚竹書·（三）·周易》研究》，國立臺灣師範大學國文研究所碩士論文，2005 年。

5. 陳瓊：《《上海博物館藏楚竹書（一）》研究概況及文字編》，（吉林大學碩士論文，2005 年 4 月）

6. 陳思婷：《《上海博物館藏戰國楚竹書（四）·采風曲目、逸詩、内豊、相邦之道》》，國立臺灣師範大學國文研究所碩士論文，2007 年。

十三劃

1. 趙苑夙：《上博楚簡〈孔子詩論〉文字研究》，國立中興大學中國文學研究所碩士論文，2004 年。

2. 鄒濬智：《《上海博物館藏戰國楚竹書（一）·緇衣》研究》，國立臺灣師範大學國文研究所碩士論文，2004 年。

十八劃

1. 鍾明：《《上海博物館藏楚竹書（五）》研究概況及文字編》，（吉林大學碩士論文，

2007 年 4 月）

2. 顏至君：《《上海博物館藏戰國楚竹書（五）·競建內之、鮑叔牙與隰朋之諫》研究》，國立臺灣師範大學國文研究所碩士論文，2008 年。

3. 蘇建洲：《上海博物館藏戰國楚竹書·（二）》，國立臺灣師範大學國文研究所博士論文，2004 年。

十九劃

1. 羅凡晸：《郭店楚簡異體字研究》，國立臺灣師範大學國文研究所碩士論文，1999 年。

（四）單篇論文

三劃

1. 大西克也：《試論新蔡楚簡的「述（遂）」字》，《古文字研究》第 26 輯，北京：中華書局，2006 年 11 月。

2. 凡國棟：〈也說《凡物流行》之「月之有軍（暈）」〉，武漢：武漢大學簡帛網，網址：http://www.bsm.org.cn/show_article.php?id=941，2009.01.03。

3. 凡國棟：〈上博七《凡物流行》簡 4「九囿出牧」試說〉，武漢：武漢大學簡帛網，網址：http://www.bsm.org.cn/show_article.php?id=937，2009.01.03。

4. 凡國棟：〈上博七《凡物流行》箚記一則〉，武漢：武漢大學簡帛網，網址：http://www.bsm.org.cn/show_article.php?id=948，2009.01.04。

5. 凡國棟：〈上博七《凡物流行》簡 25「天弌」解〉，武漢：武漢大學簡帛網，網址：http://www.bsm.org.cn/show_article.php?id=953，2009.01.05。

6. 凡國棟：〈上博七《凡物流行》簡 2 小識〉，武漢：武漢大學簡帛網，網址：http://www.bsm.org.cn/show_article.php?id=960，2009.01.07。

7. 凡國棟：〈上博七校讀雜記〉，武漢：武漢大學簡帛網，網址：http://www.bsm.org.cn/show_article.php?id=961，2009.01.08。

8. 凡國棟：〈上博七《凡物流形》甲 7 號簡從「付」之字小識〉，武漢：武漢大學簡帛網，網址：http://www.bsm.org.cn/show_article.php?id=1032，2009.04.21。

四劃

1. 王中江：《凡物流形》編聯新見，武漢大學簡帛網，網址：http://www.bsm.org.cn/show_article.php?id=998，2009.03.03。

2. 王中江：《凡物流形》的宇宙觀、自然觀和政治哲學——圍繞「一」而展開的探究並兼及學派歸屬，簡帛研究，網址：http://jianbo.sdu.edu.cn/admin3/2009/wangzhongjiang002.htm，2009.10.23。

七劃

1. 李學勤：〈論變公盨及其重要意義〉，《中國歷史文物》，2002 年第 6 期。

2. 沈培：〈略說《上博（七）》新見的「一」字〉，上海：復旦大學出土文獻與古文

字研究中心，http://www.gwz.fudan.edu.cn/SrcShow.asp?Src_ID=582，2008.12.31。

3. 沈培：〈上博七字詞補説二則〉，上海：復旦大學出土文獻與古文字研究中心，
網址：http://www.gwz.fudan.edu.cn/SrcShow.asp?Src_ID=605，2009.01.03。

4. 李鋭：〈《凡物流行》釋文新編（稿）》〉，北京：清華大學簡帛研究（孔子2000），
網址：http://www.confucius2000.com/qhjb/fwlx1.htm，2008.12.31。

5. 李鋭：〈《凡物流行》釋讀劄記〉，北京：清華大學簡帛研究（孔子2000），
網址：http://www.confucius2000.com/qhjb/fwlx2.htm，2008.12.31。

6. 李鋭：〈《凡物流行》釋讀劄記（續）〉，北京：清華大學簡帛研究（孔子2000），
網址：http://www.confucius2000.com/admin/list.asp?id=3866，2009.01.01。

7. 李鋭：〈《凡物流行》釋讀劄記（二續）〉，北京：清華大學簡帛研究（孔子2000），
網址：http://www.confucius2000.com/admin/list.asp?id=3888，2009.01.08。

8. 李鋭：〈《凡物流行》甲乙本簡序再論〉，北京：清華大學簡帛研究（孔子2000），
網址：http://www.confucius2000.com/admin/list.asp?id=3890，2009.01.10。

9. 何有祖：〈《凡物流行》劄記〉，武漢：武漢大學簡帛網，
網址：http://www.bsm.org.cn/show_article.php?id=925，2009.01.01。

10. 何有祖：〈《凡物流行》補釋一則〉，武漢：武漢大學簡帛網，
網址：http://www.bsm.org.cn/show_article.php?id=952，2009.01.05。

11. 宋華強：〈《上博七·凡物流行》劄記四則〉，武漢：武漢大學簡帛網，
網址：http://www.bsm.org.cn/show_article.php?id=938，2009.01.03。

12. 宋華強：〈《上博（七）·凡物流行》散劄〉，武漢：武漢大學簡帛網，
網址：http://www.bsm.org.cn/show_article.php?id=958，2009.01.06。

13. 宋華強：〈《凡物流形》「五音才人」試解〉，武漢：武漢大學簡帛網，
網址：http://www.bsm.org.cn/show_article.php?id=1098，2009.06.20。

14. 宋華強：〈《凡物流形》甲本5—7號部分簡文釋讀〉，武漢：武漢大學簡帛網，
網址：http://www.bsm.org.cn/show_article.php?id=1102，2009.06.23。

15. 宋華強：〈《凡物流形》「遠之步天」試解〉，武漢：武漢大學簡帛網，
網址：http://www.bsm.org.cn/show_article.php?id=1106，2009.06.28。

16. 宋華強：〈《凡物流形》「之知四海」新説〉，武漢：武漢大學簡帛網，
網址：http://www.bsm.org.cn/show_article.php?id=1107，2009.06.30。

17. 宋華強：〈《凡物流形》「上干於天，下蟠於淵」試解〉，武漢：武漢大學簡帛網，
網址：http://www.bsm.org.cn/show_article.php?id=1111，2009.07.11。

18. 宋華強：〈《凡物流形》零劄〉，武漢：武漢大學簡帛網，
網址：http://www.bsm.org.cn/show_article.php?id=1137，2009.08.29。

19. 李松儒：〈《凡物流形》甲乙本字跡研究〉，武漢：武漢大學簡帛網，
網址：http://www.bsm.org.cn/show_article.php?id=1066，2009.06.05。

八劃

1. 吳振武：〈古璽合文考〉，《古文字研究》第17輯，北京：中華書局，1981年。

2. 周聰俊：〈禋祀實柴槱燎考〉，《國立編譯館館刊》，2000 年 6 月，29 卷 1 期。

3. 周曉陸、路東之：〈新蔡故城戰國封泥的初步考察〉，《文物》，2005 年，第 1 期。

4. 季旭昇：〈上博七芻議〉，上海：復旦大學出土文獻與古文字研究中心，
http://www.gwz.fudan.edu.cn/SrcShow.asp?Src_ID=588，2009.01.01。

5. 季旭昇：〈上博七芻議（二）：凡物流行〉，武漢：武漢大學簡帛網，
網址：http://www.bsm.org.cn/show_article.php?id=934，2009.01.02。

6. 季旭昇：〈上博七芻議（三）：凡物流行〉，上海：復旦大學出土文獻與古文字研究中心，網址：http://www.gwz.fudan.edu.cn/SrcShow.asp?Src_ID=603，2009.01.03。

7. 吳國源：〈《上博（七）凡物流行》零釋〉，北京：清華大學簡帛研究（孔子2000），
網址：http://www.confucius2000.com/qhjb/fwlx5.htm，2009.01.01。

8. 范常喜：〈《上博七・凡物流行》短箚一則〉，武漢：武漢大學簡帛網，
網址：http://www.bsm.org.cn/show_article.php?id=940，2009.01.03。

9. 范常喜：〈《上博七・凡物流行》「令」字小議〉，武漢：武漢大學簡帛網，
網址：http://www.bsm.org.cn/show_article.php?id=951，2009.01.05。

10. 孟蓬生：〈說《凡物流形》之「祭員」〉，上海：復旦大學出土文獻與古文字研究中心，網址：http://www.gwz.fudan.edu.cn/SrcShow.asp?Src_ID=649，2009.01.12。

九劃

1. 侯乃峰：〈上博（七）字詞雜記六則〉，上海：復旦大學出土文獻與古文字研究中心，網址：http://www.gwz.fudan.edu.cn/SrcShow.asp?Src_ID=665，2009.01.16。

十劃

1. 孫飛燕：〈讀《凡物流行》箚記〉，北京：清華大學簡帛研究（孔子2000），
網址：http://www.confucius2000.com/admin/list.asp?id=3862，2009.01.01。

2. 孫飛燕：〈讀《凡物流行》箚記（二）〉，北京：清華大學簡帛研究（孔子2000），
網址：http://www.confucius2000.com/admin/list.asp?id=3886，2009.01.04。

3. 秦樺林：〈楚簡《凡物流行》中的「危」字〉，武漢：武漢大學簡帛網，
網址：http://www.bsm.org.cn/show_article.php?id=950，2009.01.04。

4. 秦樺林：〈楚簡《凡物流行》箚記二則〉，武漢：武漢大學簡帛網，
網址：http://www.bsm.org.cn/show_article.php?id=944，2009.01.04。

5. 秦樺林：〈《凡物流行》第二十一簡試解〉，上海：復旦大學出土文獻與古文字研究中心，網址：http://www.gwz.fudan.edu.cn/SrcShow.asp?Src_ID=642，2009.01.09。

6. 徐在國：〈談上博七《凡物流行》的「𢟇」字〉，上海：復旦大學出土文獻與古文字研究中心，
網址：http://www.gwz.fudan.edu.cn/SrcShow.asp?Src_ID=631，2009.01.06。

7. 高佑仁：釋《凡物流形》簡8之「通天之明奚得？」，武漢：武漢大學簡帛網，
網址：http://www.bsm.org.cn/show_article.php?id=972，2009.01.16。

十一劃

1. 曹堅：〈談上古祭祀用牲的祀儀〉，《安順師專學報》社科版，1995 年 1 期。

2. 郭永秉：〈由《凡物流形》「鷹」字寫法推測郭店《老子》甲組與「脃」相當之字應爲「鷹」字變體〉，上海：復旦大學出土文獻與古文字研究中心，網址 http://www.gwz.fudan.edu.cn/SrcShow.asp?Src_ID=583，2008.12.31

3. 陳偉：〈讀《凡物流行》小箚〉，武漢：武漢大學簡帛網，網址：http://www.bsm.org.cn/show_article.php?id=932，2009.01.02。

4. 陳偉：〈《凡物流形》「五度」句試說〉，武漢：武漢大學簡帛網，網址：http://www.bsm.org.cn/show_article.php?id=1094，2009.06.19。

5. 陳志向：〈《凡物流行》韻讀〉，上海：復旦大學出土文獻與古文字研究中心，網址：http://www.gwz.fudan.edu.cn/SrcShow.asp?Src_ID=645，2009.01.10。

6. 淺野裕一：〈《凡物流形》的結構新解〉，武漢：武漢大學簡帛網，網址：http://www.bsm.org.cn/show_article.php?id=981，2009.02.08。

7. 陳惠玲：《凡物流形》簡 3「左右之請」考，上海：復旦大學出土文獻與古文字研究中心，網址：http://www.gwz.fudan.edu.cn/SrcShow.asp?Src_ID=756，2009.04.22。

8. 陳惠玲：「《凡物流形》簡 3「左右之請」考」補釋，上海：復旦大學出土文獻與古文字研究中心，網址：http://www.gwz.fudan.edu.cn/SrcShow.asp?Src_ID=757，2009.04.22。

9. 陳麗桂：《上博（七）〈凡物流形〉前後文之義理對應與「察一」哲學》，《紀念里安林尹教授百歲誕辰學術研討會論文集》（下），臺北：文史哲出版社，2009 年 12 月。

10. 曹方向：〈關於《凡物流行》的「月之有輪」〉，武漢：武漢大學簡帛網，網址：http://www.bsm.org.cn/show_article.php?id=946，2009.01.04。

11. 曹峰：〈《凡物流行》中的「左右之情」（修訂版）〉，北京：清華大學簡帛研究（孔子 2000），網址：http://www.confucius2000.com/admin/list.asp?id=3887，2009.01.05。

12. 曹峰：〈《凡物流形》的「少徹」和「少成」──「心不勝心」章疏證〉，北京：清華大學簡帛研究（孔子 2000），網址：http://www.confucius2000.com/admin/list.asp?id=3891，2009.01.10。

13. 曹峰：再論《凡物流形》的「箸不與事」，北京：簡帛研究，網址 http://jianbo.sdu.edu.cn/admin3/2010/caofeng002.htm，2010.01.01。

14. 曹峰：再論《凡物流形》的「少徹」與「鈔成」，北京：簡帛研究，網址 http://jianbo.sdu.edu.cn/admin3/2010/caofeng001.htm，2010.01.01。

15. 曹峰：〈從《老子》的「不見而名」說《凡物流形》的一處編聯〉，北京：清華大學簡帛研究（孔子 2000），網址：http://jianbo.sdu.edu.cn/admin3/2009/caofeng001.htm，2009.03.09。

16. 曹峰：〈從《逸周書·周祝解》看《凡物流形》的思想結構〉，北京：清華大學簡帛研究（孔子 2000），

網址：http://jianbo.sdu.edu.cn/admin3/2009/caofeng002.htm，2009.03.09。

17. 曹峰：〈上博楚簡《凡物流形》「四成結」試解〉，北京：簡帛研究，
網址：http://jianbo.sdu.edu.cn/admin3/2009/caofeng004.htm，2009.08.21。

18. 曹峰：上博楚簡《凡物流形》的文本結構與思想特徵，北京：清華大學簡帛研究
（孔子 2000），
網址 http://www.confucius2000.com/admin/list.asp?id=4362，2010.03.30。

19. 陳峻誌：〈《凡物流形》之「天咸」即「咸池」考〉，武漢：武漢大學簡帛網，
網址：http://www.bsm.org.cn/show_article.php?id=1002，2009.03.14。

20. 張崇禮：〈釋《凡物流形》的「端文書」〉，上海：復旦大學出土文獻與古文字研
究中心，網址：http://www.gwz.fudan.edu.cn/SrcShow.asp?Src_ID=724，2009.03.15。

21. 張崇禮：〈釋《凡物流形》的「其夾奚適，孰知其疆」〉，上海：復旦大學出土文
獻與古文字研究中心，
網址：http://www.gwz.fudan.edu.cn/SrcShow.asp?Src_ID=728，2009.03.19。

22. 張崇禮：〈《凡物流形》新編釋文〉，上海：復旦大學出土文獻與古文字研究中心，
網址：http://www.gwz.fudan.edu.cn/SrcShow.asp?Src_ID=730，2009.03.20。

十二劃

1. 湯餘惠：〈略論戰國文字形體研究中的幾個問題〉，《古文字研究》第 15 輯，北京：
中華書局，1986 年 6 月。

2. 復旦大學出土文獻與古文字研究中心研究生讀書會：〈《上博（七）‧凡物流行》
重編釋文〉，上海：復旦大學出土文獻與古文字研究中心，
http://www.gwz.fudan.edu.cn/SrcShow.asp?Src_ID=581，2008.12.31。

3. 單育辰：〈佔畢隨錄之八〉，上海：復旦大學出土文獻與古文字研究中心，
網址：http://www.gwz.fudan.edu.cn/SrcShow.asp?Src_ID=606，2009.01.03。

4. 單育辰：〈佔畢隨錄之九〉，武漢：武漢大學簡帛網，
網址：http://www.bsm.org.cn/show_article.php?id=977，2009.01.19。

5. 單育辰：〈上博七《凡物流形》、《吳命》箚記（修訂）〉，武漢：武漢大學簡帛網，
網址：http://www.bsm.org.cn/show_article.php?id=1065，2009.06.05。

十三劃

1. 鄔可晶：〈談《上博（七）‧凡物流行》甲乙本編聯及相關問題〉，上海：復旦大
學出土文獻與古文字研究中心，
網址：http://www.gwz.fudan.edu.cn/SrcShow.asp?Src_ID=636，2009.01.07。

2. 鄔可晶：〈上博（七）‧凡物流形》補釋二則〉，上海：復旦大學出土文獻與古文
字研究中心，
網址：http://www.gwz.fudan.edu.cn/SrcShow.asp?Src_ID=747，2009.04.11。

3. 楊澤生：〈《上博七》補說〉，上海：復旦大學出土文獻與古文字研究中心，
網址：http://www.gwz.fudan.edu.cn/SrcShow.asp?Src_ID=656，2009.01.14。

4. 楊澤生：〈上博簡《凡物流形》中的「一」字試解〉，上海：復旦大學出土文獻與

古文字研究中心，

　　網址：http://www.gwz.fudan.edu.cn/SrcShow.asp?Src_ID=695，2009.02.18。

5. 楊澤生：〈說《凡物流形》從「少」的兩個字〉，武漢：武漢大學簡帛網，

　　網址：http://www.bsm.org.cn/show_article.php?id=999，2009.03.07。

十四劃

1. 廖名春：〈《凡物流行》校讀零箚（一）〉，北京：清華大學簡帛研究（孔子2000），

　　網址：http://www.confucius2000.com/qhjb/fwlx3.htm，2008.12.31。

2. 廖名春：〈《凡物流行》校讀零箚（二）〉，北京：清華大學簡帛研究（孔子2000），

　　網址：http://www.confucius2000.com/qhjb/fwlx4.htm，2008.12.31。

3. 熊立章：〈續釋「春」及《上博七》中的幾個字〉，武漢：武漢大學簡帛網，

　　網址：http://www.bsm.org.cn/showarticles.php?class=0，2009.01.09。

十五劃

1. 劉信芳：《凡物流形》櫺祭及相關問題，武漢：武漢大學簡帛網，

　　網址：http://www.bsm.org.cn/show_article.php?id=968，2009.01.13。

2. 禤健聰：上博（七）零箚三則，武漢：武漢大學簡帛網，

　　網址：http://www.bsm.org.cn/show_article.php?id=970，2009.01.14。

十八劃

1. 蘇建洲：〈《上博七‧凡物流行》「一」、「逐」小考〉，上海：復旦大學出土文獻與

　　古文字研究中心，

　　網址：http://www.gwz.fudan.edu.cn/SrcShow.asp?Src_ID=597，2009.01.02。

2. 蘇建洲：〈釋《凡物流形》甲15「通於四海」〉，上海：復旦大學出土文獻與古文

　　字研究中心，

　　網址：http://www.gwz.fudan.edu.cn/SrcShow.asp?Src_ID=653，2009.01.14。

3. 蘇建洲：〈《凡物流形》「問日」章試讀〉，上海：復旦大學出土文獻與古文字研究

　　中心，網址：http://www.gwz.fudan.edu.cn/SrcShow.asp?Src_ID=668，2009.01.17。

4. 蘇建洲：〈釋《凡物流形》「一言而力不窮」〉，上海：復旦大學出土文獻與古文字

　　研究中心，

　　網址：http://www.gwz.fudan.edu.cn/SrcShow.asp?Src_ID=674，2009.01.20。

5. 蘇建洲：〈《凡物流形》甲27「齊聲好色」試解〉，上海：復旦大學出土文獻與古

　　文字研究中心，

　　網址：http://www.gwz.fudan.edu.cn/SrcShow.asp?Src_ID=690，2009.02.10。

6. 叢劍軒：〈也說《凡物流形》的所謂「敬天之明」〉，武漢：武漢大學簡帛網，

　　網址：http://www.bsm.org.cn/show_article.php?id=975，2009.01.17。

十九劃

1. 羅小華：〈《凡勿流型》甲本選釋五則〉，武漢：武漢大學簡帛網，

　　網址：http://www.bsm.org.cn/show_article.php?id=922，2008.12.31。

2. 羅小華：〈《凡物流行》所載天象解釋〉，武漢：武漢大學簡帛網，
網址：http://www.bsm.org.cn/show_article.php?id=942，2009.01.03。

二一劃

1. 顧史考：〈上博七《凡物流形》簡序及韻讀小補〉，武漢：武漢大學簡帛網，
網址：http://www.bsm.org.cn/show_article.php?id=994，2009.02.23。

2. 顧史考：〈上博七〈凡物流形〉上半篇試探〉，上海：復旦大學出土文獻與古文字
研究中心，
網址：http://www.gwz.fudan.edu.cn/SrcShow.asp?Src_ID=875，2009.08.23。

3. 顧史考：〈上博七〈凡物流形〉下半篇試解〉，上海：復旦大學出土文獻與古文字
研究中心，
網址：http://www.gwz.fudan.edu.cn/SrcShow.asp?Src_ID=876，2009.08.24。